大方
sight

A Confissão da Leoa

Mia Couto

母狮的忏悔

[莫桑比克] 米亚·科托——著

马琳——译

中信出版集团·北京

图书在版编目（CIP）数据

母狮的忏悔 /（莫桑）米亚 · 科托著；马琳译 . --
北京：中信出版社，2018.5
ISBN 978-7-5086-8671-4

Ⅰ. ① 母… Ⅱ. ① 米… ② 马… Ⅲ . ①长篇小说－莫
桑比克－现代 Ⅳ . ① I471.45

中国版本图书馆 CIP 数据核字（2018）第 036903 号

母狮的忏悔

著 者：（莫桑比克）米亚 · 科托
翻 译：马 琳
出版发行：中信出版集团股份有限公司
（北京市朝阳区惠新东街甲 4 号富盛大厦 2 座 邮编 100029）
（CITIC Publishing Group）
承 印 者：北京汇瑞嘉合文化发展有限公司

开 本：880mm×1230mm 1/32 印 张：6.75 字 数：120 千字
版 次：2018 年 5 月第 1 版 印 次：2018 年 5 月第 1 次印刷
广告经营许可证：京朝工商广字第 8087 号
书 号：ISBN 978–7–5086–8671–4
定 价：49.00 元

中文版序言

故事发生在2008年的莫桑比克北部，一个叫帕尔玛的沿海村镇。那里遥远荒僻，尚未通电，位于草原的腹地。作为生物学家，我刚刚完成一天的考察工作，在帐篷里休息。这时有个村民过来叫我，他说："来吧，来看看，有个人死了。"我跟着这位老人迈入茫茫夜色，来到灌木林深处。"他是怎么死的？"我问道。他说："被狮子弄死的。那头狮子还在附近呢，它会回来把剩下的这部分尸体叼走的。"我吓得赶忙跑回了住处，对于他想向我展示的画面一点兴趣都没有了。

拉上帐篷的拉链后，我很清楚这只不过是自欺欺人的防护。离我不远处躺着一具被狮子撕碎的尸体，还有一头野兽杀气腾腾地游荡于四周，令我惶惶不安。当时，我做的第一件事就是打开小手电筒，开始在笔记本上写作，直至破晓，一刻未歇，只因为想竭力驱逐内心的恐惧感。后来我才明白，其实帐篷不是我的庇护所，小说才是。创作故事的过程就像是为自己建造遮风挡雨的房屋，那时我已经开始了这本《母狮的忏悔》的小说创作，只不过自己后知后觉而已。

十年后的今天，这个故事得以呈现为中文，与广大中国读者见面，于我而言真是荣幸之至。

就连狮子也会创造属于它们的故事。因为在猎人的故事里，狩猎英雄永远只能是猎人。

——非洲谚语

目录

001 中文版序言

001 写在开头的解释

马里阿玛的记述 1

001 一个消息

猎人日记 1

015 一则告示

马里阿玛的记述 2

026 河流回归

猎人日记 2

042 旅程

马里阿玛的记述 3

057 模糊的记忆

猎人日记 3

070 未完的长信

马里阿玛的记述 4

089 干涸之路

猎人日记 4

105 仪式与埋伏

马里阿玛的记述 5

120 蜜色眼眸

猎人日记 5

127 死土狼的活骨

马里阿玛的记述 6

139 无海之河

猎人日记 6

148 重逢

马里阿玛的记述 7

161 埋伏

猎人日记 7

172 神圣的魔鬼

马里阿玛的记述 8

178 野兽的血，女人的泪

猎人日记 8

186 献给生者的花

192 母狮的罪与罚，国族的痛与殇——评《母狮的忏悔》（代译后记）

写在开头的解释

2008年，我所在的公司派遣十五名年轻人作为环境专员到莫桑比克北部的德尔加杜角省，参与地质勘探。同一时期，该地区开始发生狮子袭击人的事件。几周内，遇袭死亡人数已达十人。过了大概四个月，这一数字增加到二十人。

我那些年轻的同事在野外作业，住在帐篷里，经常穿梭于村落间，很容易成为狮子的目标，急需猎人来保护。当然，同样需要保护的还有当地的居民。于是，我们建议所在的石油公司出面解决这个问题：让那些吃人的狮子付出代价。公司雇用了两名经验丰富的猎人，把他们派到马普托的帕尔玛镇，即狮子袭击人的多发地。两位猎人在镇上又雇用了几名当地的猎人，准备合作完成此项任务。至此，受害人数已达二十六人。

猎人们每天都会接到求助信息，在沮丧与恐惧中度过了两个月才成功杀死了那些凶残的狮子。然而，问题并不止这些。他们发现真正的罪魁祸首来自不可探知的世界，枪和子弹在那里完全派不上用场。猎人们逐渐意识到，种种神秘现象其实源自当地的各种社会冲突，那远远超出了他们的能力范围。

我多次到当地探访，近距离体验了当时的种种情况。这些经历促使我写下这个故事，灵感来源于真人真事。

马 里 阿 玛 的 记 述 1

一个消息

被人吃掉的狮子是幸运的，它转化为人；被狮子吃掉的人是不幸的，而狮子依旧可以转化为人。

——《多马福音》

上帝曾是女人。那时上帝还未远离其创造，也未被称为农古。如今，这位宇宙之主与世间所有的母亲相似。我们曾与海洋、大地和天空讲着同样的语言。我阿公常说，那个时代早已逝去，但在我们身上，还保留着对遥远时空的回忆。得以存活下来的虚幻过往或至实真理，在我们库鲁马尼村里世代相传。比如说，这里每个人都知道天空并没有尽头，是女人一直在织造这方无穷尽的轻纱，数千年前就已开始。每当她们的肚子鼓起来，天空便增加一隅。相反地，若是一个孩子殁了，与之对应的一方苍穹便不再有生气。

也许正因为如此，我母亲阿妮法·阿苏拉在她大女儿下葬时，从未停止凝视天上的云。阿姐西林西娅是最新一位葬身狮口的人，狮群从几周前就开始搅扰村民。阿姐的尸骨并不完整，只能埋下找回来的部分，摆成朝左侧躺的姿势，头向着太阳升起的方向，脚指着南方。仪式过程中，母亲仿佛跳起舞来：她多次从亲手做的陶壶里取水，泼洒在地上，然后双脚踩过润湿的地方，就像在播种。

葬礼结束后，在回来的路上，可怜的母亲眼中映着太多的天空。墓地离家不远，就在村子附近。阿妮法快步蹚过里德娅河，以河水净化身心，我走在后面清除我们留下的脚印。

“抖一抖脚吧，尘土喜欢到处跑。”

如今，神圣的墓地里又多了一座十字形墓碑，标志着我们不同于穆斯林和异教徒。直到今天我才明白，在坟上立碑并非出于对死者的尊敬，而是因为恐惧，怕他们会再回来。随着时间的推移，恐惧竟变得大于思念。

按照传统，我们回家时走了不同于出殡时的路，但这并没能阻止一个画面在我脑海中挥之不去：西林西娅的尸体裹着白布，在众人肩膀上摇晃，如同残破的翅膀。

到家门口，母亲盯着房子看：它那么生动，那么古老，又那么永恒，好像是在责怪她。我家的房子是用水泥砌的，屋顶铺着锌板，不同于别人家的茅屋。里面有卧室、客厅和厨房。

地板上铺着地毯，窗边挂着满是灰尘的布帘。我的家人也不同于库鲁马尼的其他居民，母亲阿妮法·阿苏拉尤为特别，她和她父母一样，接受过同化教育[1]。在回家途中，我意识到母亲有多美丽，即便是按照丧事传统剃了头发，她的容颜依旧战胜了悲伤。母亲盯着我看了很久，像是在掂量小女儿之于她有多珍贵。我以为那蕴藏在她双眼中的是母性温柔，实则不然，另一种情绪支配着她说出这样一句话：

“你永远都不会经历为人母的悲哀。”

“别说了，阿妈，我刚失去了阿姐。”我回答。

“你永远不会失去女儿，这是上帝的意愿。”

母亲转过身，她已经脱了鞋，跨过门槛，进屋躺到床上。一个人是能够看着自己的女儿下葬的，她就做到了，但这个人将永远无法从这种离别中恢复，没有什么比死去的孩子更让母亲牵肠挂肚。

与此同时，父亲让站在外面哭泣的女人们离开，转身进屋。他抱着母亲问道：

“你怎么把头发剃了？咱们不是基督徒吗？”

阿妮法缩了缩肩膀。那一刻，她什么都不是。屋外的哭声

1　20世纪初到20世纪60年代，葡萄牙在非洲进行殖民活动，在当地推行同化教育。能够达到一定“文明”程度的非洲人，可获得与葡萄牙人同样的公民权。接受同化教育的当地人也被称为同化者（assimilado）。（若无特别说明，本书脚注均为译注）

停止后，她不知该如何面对那巨大的空寂。

“现在怎么办，团古？”

如同库鲁马尼的所有女人，她称丈夫为“团古”。男人名叫热尼托・赛拉分・贝伯。出于尊敬，她从未直呼其名。家里人虽然受过同化教育，但骨子里仍旧太过“库鲁马尼”。毕竟现在由过去铸成。丈夫安坐在妻子身边，温柔地讲话，妻子对此很不习惯。男人说的每个字都变成了一朵云，修补着天空。

“现在怎么办？呃，现在……现在，我们得活下去，女人。”

“我不知道该怎么活了，团古。”

“没人知道，但孩子肯定想让咱们活下去。”

“别跟我说她想什么，你从来都不听她讲话。”

“别这么说！现在不说这个，女人。”

“你没明白我的意思，我是问女儿身上没能找回来的部分该怎么办？”

“我不想说这个，睡觉吧。”

阿妮法稍稍坐起身，把头放在膝盖上。她的双眼布满血丝，看上去就像溺水的人。

“但咱们的西林西娅……”

“闭嘴，女人！你忘了咱们不能再叫她的名字？”

“我想知道，都埋了什么？”

“我说了让你闭嘴，女人。”

父亲的声音带着一丝颤抖，他正在和内心的魔鬼搏斗。装着大女儿尸骨的袋子仍旧在他脑海中滴血。昨夜的记忆涌上心头：他被惊恐的尖叫声吵醒，快步穿过院子，心中已料想到悲剧的发生。早些时候，他曾听见狮子围着房子转的声音。突然，咆哮、叫喊和叹息都消散在虚无之中，世界撕裂成碎片，他整个人都空了。想要忘掉那样的经历，除非从未在这世间生存过。

“埋了她的心吗？”阿妮法继续问。

“你怎么还问？我不是让你闭嘴了吗？”

“埋了心吗？你知道它们会把心……”

父亲深吸一口气，盯着挂在墙上的旧衣服。他感觉自己和走形的旧袍子别无两样，都没了魂。他找回了声音，比之前稍显平静：

“女人，你得这样想：对于孩子来说，并不存在坟墓。”

“我不想听，我要走。”

“走？”

“我要去外面找孩子没能下葬的……”

“别去。你不能离开。”

“没人能拦我。”

她会离开的，会的，她要走到已经没有路的地方。即便双脚流血、双眼被太阳灼伤，她也会把西林西娅的残骸带回来，那是她心头永远的小女孩。丈夫阻止她，并威胁道：

“我会用绳子把你捆起来，就像捆牲口一样。”

“你当然可以捆我。一直以来我就是头牲口，你一直和一头牲口睡在床上……”

争执就此结束。阿妮法用手臂抱着腿，不再说话，像是要屈服于困意。

“你要睡地板吗？”热尼托问。

女人躺在地上，舒展开身体。她想要倾听世界内部的声音。库鲁马尼的女人们知道很多秘密。她们知道孩子在娘胎里会转换位置。在大地深处有个声音，指引孩子慢慢自转。死人也如此，他们在同样的夜晚听从这一声音的指示，在地球的腹中翻转。于是便有银色尘埃围绕着一座座墓碑发出亮光。睡觉时把耳朵贴在地上，便能听到死人们翻转身体的声音。阿妮法因此拒绝了床铺和枕头。热尼托并不知道这些。阿妮法躺在地板上，聆听大地的声音，不久她将会感受到大女儿，也许还能听到早前死去的乌米妮娅和伊瓜丽塔这对双胞胎，从另一个世界传来的消息。

男人没睡，他知道夜晚将会很漫长。女儿那支离破碎的身体在他脑海中久久挥散不去，赶走了睡意。狮子的吼声在他脑中回响，震碎了倦意。他站在门厅，长久地凝视着黑暗，也许夜晚的寂静能为他带来一丝安宁。然而安宁是颗外翻的蛋，壳归了别人，破碎的却是我们自己。

一个问题困扰着他：悲剧是怎么发生的？女儿半夜独自外出了？如果是这样，她明知道危险还决定出去？又或者正相反，是狮子像强盗一样闯进了院子里？

突然，整个世界碎裂开来：细微的脚步声划破树丛里的宁谧。热尼托的心提到了嗓子眼。这是常见现象：狮子回来吃头一天的剩食了。

男人像被附身一样倏地大叫起来，边叫边绕着圈跑：

“我知道你们就在那儿，魔鬼之子！快现身，快从树林里出来，你们这群万图米瓦瓦奴！”

我透过窗子看到他进入癫狂的幻想状态，叫嚣着对抗“狮人”，即所谓的万图米瓦瓦奴。热尼托猛地跪下，像是伤了膝盖。然后，他慢慢抬起头，看到黑色的蝙蝠翅膀正将他包围。没有一点动静，树叶和翅膀都不曾沙沙作响。热尼托·贝伯是个追迹人[1]，知晓如何解读热带草原上种种不易察觉的迹象。他多次对我说：只有人知道什么是安静。对于动物来说，世界从未安静过。即便是草木生长、花瓣凋零的过程也会发出巨大的噪音。在野外丛林中，动物靠听觉活着。那一刻，父亲嫉妒起动物来，因为它们可以回到蔽身之处，远离人类，不带任何悔恨地入睡。

1　打猎时专门负责寻找动物行动踪迹的人。

“我知道你们就在那儿！”

喊声中已无恨意，只是听起来有些沙哑。父亲边重复着咒骂边跑回房里。母亲依旧蜷着身子躺在地上。在丈夫为她盖上被子时，阿妮法·阿苏拉猛地抱住对方的身体喊道：

“咱们做爱吧！”

“现在？”

“对，现在！”

“阿妮法，你太激动了，不知道自己在说什么。”

“丈夫，你拒绝我？不想现在就和我做？”

“我们不能做，你知道的，现在是丧期，会污了村子。”

“我就是想污了村子，污了整个世界。”

“阿妮法，听着，时间会往前走，咱们会忘掉一切。人甚至连活着这件事都能忘。”

“我已经很久没活过了。现在，我不要再做人了。”

热尼托看着面前的女人，认不出她是谁。妻子从不曾说出这样的话。其实，她平日几乎不说话，总是隐忍地待在暗处。自从双胞胎死后，她就不再开口，以至于丈夫时不时要问上一句：

“阿妮法·阿苏拉，你还活着吗？”

并不是她话少，而是生活变成了一种她不会讲的外语。热尼托以为妻子要恢复到之前沉默不语的状态，却没注意到她正在脱衣服。赤裸的女人从后面抱住男人。热尼托·贝伯放任自己沉沦在蟒蛇般的缠绕之中。几乎屈服于欲望的男人突然清醒过来，快步走出家门，不久便消失在黑暗中。

母亲在屋里享受大胆的爱抚，就好像她的男人仍在场。这次全由她主导，快速晃动的臀部仿佛在火焰上起舞。阿妮法出汗了，她叫喊着：

“别停，热尼托！别停！”

随后她感觉到汗味，猛烈且有点酸，就像动物的汗水。接着，她听到吼声，意识到伏在她身上的并非丈夫，而是一头野兽，渴求着她的血。热尼托·贝伯化身为野兽将她吞食。迫于对方的凶猛，阿妮法只能静止不动，祈求野兽的宽恕。

“我疯了。”她想。阿妮法闭上眼睛，深呼吸，却突然感到兽掌在撕扯她的脖子。她大喊一声，不确定是出于痛楚还是快感。听到声音而赶来救援的父亲并不知道发生了什么。他没能拦住疯了一般跑出家门的妻子。

如果母亲能够为所欲为，她肯定会一直跑下去，远离库鲁马尼。然而库鲁马尼是个封闭的地方，不仅仅是地理上的封闭，这里的人也因恐惧而止步不前。阿妮法·阿苏拉在院门口停下脚步，她边上是一堆带刺的植物，用来防止树林里的动物进入院子。她抬起双手放到头顶，再蹭过脸颊，像是抹掉蜘蛛网：

“我杀了这个地方！我杀了库鲁马尼！”

村里人会这样说：热尼托·赛拉分·贝伯的老婆都没等到

大地变凉，在村子还热着的时候，在丧期里做爱，没有比这更严重更玷污村子的行为了。在那天做爱，尤其是自慰，阿妮法·阿苏拉冒犯了我们所有的祖先。

我可怜的母亲背负着黑夜回到床上，在困倦与清醒间游走。天快亮的时候，我听到热尼托·贝伯倦怠的脚步声。

“丈夫，你今天起这么早？”

母亲像往常一样在日出前起床干活儿。拾柴、抬水、生火、做饭、浇菜地、做陶器，都由她一个人完成。如今，毫无预兆地，丈夫突然要与妻子一同分担生活重担了？

“我听到一个消息。”热尼托·贝伯严肃地说。

“消息？团古，你知道的，在库鲁马尼，所有消息都不是好事。”

“人就要到了。从外面来的人。”

“人？真正的人？”

“从首都来。”

母亲惊讶得说不出话。她认为父亲在说谎，毕竟这里几百年来都不曾有过新消息，也没有外人来……

“这个消息你知道多久了？”

“几天。”

“这是罪过。”

“什么？”

“从别处听来消息是危险的，听完了之后再告诉别人就是罪过。你觉得上帝会原谅咱们吗？”

没等丈夫回答，阿妮法便挥起双臂，像在驱赶鬼魂，她把自己裹进树叶里，双手抬起放在肩上，感觉到有血流过手臂。

“这是怎么回事，团古？是谁抓伤了我？”

“没有人。是合欢树的刺。我应该修剪一下。”

“不是树，是有人抓伤了我，你看我的肩膀，这是指甲留下的印，是人挠的。”

两人争论起来。不过他们各有道理。在这个村子里，就连植物都长着利爪。在库鲁马尼，一切活物都能发起进攻。鸟儿撕咬天空，枝条划破云层，雨滴侵蚀大地，死人则用牙齿报复命运。

阿妮法巡视树丛，脸上露出羚羊遭遇天敌时的惊恐。

“暗处有人，团古。”

“冷静点儿，女人。”

“有人在听我们说话，回屋吧。”

天慢慢亮起来，很快屋子里便不需要点灯也能看清楚。柜子顶上的汽油灯依旧亮着。阿妮法盯着它，突然又陷入甜美的幻想之中。她想象那盏灯是厨房里的月亮。既然她承受不了太阳，那不如就活在镀了月色的屋顶下。她感到自信，想要挑战丈夫，于是高声喊道：

“我不希望你的亲戚们再来这里。现在他们是来悼念的，可等哪天我成了寡妇，他们肯定也会第一个来抢东西。”

然而，她没告诉丈夫，她早就把自己当成寡妇了，只等热尼托·贝伯哪天撒手人寰。

“丈夫，那些要来的人，真的是人吗？”

“对，是人。”

“你确定？”

“是真正的人，天生就是，其中还有一位是猎人。”

阿妮法端在左手的水盆掉落，水洇湿了地面，另一只手上的扫把则化身成驱魔的神剑。

“一个猎人？”她小声问道。

“是他，就是你想到的人，那位黑白混血的猎人。”

有那么一会儿，女人一动不动。突然，她做出了决定：穿好鞋，用布把脑袋包上，一边道别一边往外走。

“你去哪里？”

“不知道。我要去做你没做的事。我去公路上偷袭他，把他杀了。这个人不能来库鲁马尼。”

“别犯傻，女人，我们需要他，需要他们来打狮子。”

“团古，你不明白吗？他会把马里阿玛从我身边带走，把我仅剩的一个女儿带到城里去。”

“你更愿意看到马里阿玛被狮子吃掉？”

女人没回答。“更愿意”这个词不属于她。一个从未拥有自主意愿的人又如何能够“更愿意”？

“你现在要是不让我出去，丈夫，我一定会逃走。”

男人抓着女人的手腕，把她推到柜子上。汽油灯摔落在地，阿妮法看着她的小月亮随着蓝色火苗逐渐消失，滩洒在厨房的地板上。

“我得阻止那个混血儿！”她急切地说。

看到这里，我决定挺身而出，为母亲说话。父亲发现我从暗处走来，愤怒得不得了，抬手准备行使他的王权。

“阿爸，你要打我吗？”

父亲用复杂的眼神看着我，他的双眼总是流露着怒意，像在燃烧。热尼托・贝伯低下头，无法与我对视。

“知道是谁叫来的猎人吗？”我问。

“所有人都知道，是那些公司里做计划的人。”父亲回答。

“都是谎话。招来猎人的是狮子。知道是谁招来的狮子吗？”

“我不会回答你。”

“是我，是我把狮子叫来的。”

“我就跟你说一句话，你给我听好了，”父亲愤怒地说，“在跟我说话的时候，不准直视我的脸。你难道忘了该怎么尊重我吗？”

我垂下眼，就如同库鲁马尼所有的女人那样。热尼托重新获得权威，我又变回他的女儿。

“等猎人到了，你在家里关禁闭，听明白了吗？”

“是。”

“那些人在库鲁马尼的这段时间，你不准出家门，就连鼻子都不能伸到外面。”

房间恢复安静。我和母亲坐在地上，仿佛那是世界最后的一隅。我把手放到母亲肩膀上，安慰她。她躲开了。转瞬间，宇宙恢复其秩序：我们女人，跌坐在地；父亲在厨房内外来回走动，宣告着他对整栋房子的所有权。我们重新开始遵守这一法则，它并非从上帝那里习得，也无法为人类所解释。最终，热尼托·贝伯停在房子中央，张开双臂宣布：

“我有办法了，就让那个猎人来，来杀狮子。然后，让他再也不能离开。”

“你要杀了他？”我害怕地问。

“我像是会杀人吗？要杀他的是你。”

“我？”

“要杀死他的是你叫来的狮子。”

猎人日记 1

一则告示

想从某处逃离，只有一种方法：从自身出离。想从自身出离，只有一种方法：爱上某人。

——从作家笔记本里偷来的句子

凌晨两点，我毫无睡意。几小时后，选拔结果将会揭晓。我即将得知自己被选中到库鲁马尼猎狮子。没想到别人的选择能令我如此激动。我太需要睡眠了！并非为了休息，只是想借睡觉来出离自身。睡着了，我就不存在了。

天都快亮了，我却还在和被褥打架。我这人没什么别的毛病，就是失眠，总是游离在短暂困倦与忽然清醒之间。我睡觉的时候就像被猎人追捕的动物，一直警醒地提防可能发生的袭击，深知过度从自身出离是会致命的。

为了唤起睡意，我尝试用母亲的绝招，回想起她最爱讲的故事，那是关于她家乡的一个传说。母亲讲道：

“在很久很久以前，只有黑夜。上帝放养着天上的星星。当星星们吃下很多养料，就会变胖，肚子里装满了光。那时候，所有的星星都能吃到养料，每一颗都开心地闪着同样的光芒。白天还没有出生，所以时间只能用一条腿走路。在无尽的苍穹中，一切都太缓慢了！直到有一天，在牧星者的星群里，诞生了一颗贪婪的星星，它想变得比其他星星更强大。这颗星名叫太阳，它早早占据了养料，把其他星星推到远处，导致它们逐渐衰弱。于是天空中第一次出现了痛苦的星星，它们变得很瘦，最终被黑暗吞掉。太阳炫耀着它越来越耀眼的光芒，为自己的统治地位和充满雄性光辉的名字感到骄傲，自恃为其他星球的榜样，自称为宇宙中心。没过多久，它就声称是它创造了上帝。再后来，太阳巨大的体积和至高无上的权力使得白天诞生了。黑夜只有在太阳睡下之后才敢出来。有了白天，人们就慢慢遗忘了所有星星都能幸福闪耀的那段看似无穷尽的时光，也忘了黑夜得到的教训。她原本是宇宙的女王，一直都是，而且从不需要通过统治谁来证明自己的王权。”

就是这样一个传说。四十年后的今天，母亲的绝招并没能起作用。我很快就会知道自己能不能再回到野外。在那种地方，人们忘记了一切教训。这将会是我最后一次打猎。母亲的声音又在我脑中回响起来：在无尽的苍穹中，一切都太缓慢了！

一大早，睡眠不足的我起床准备去两条街外的报社。出门前，我打开柜子，拿出用了多年的来复枪，把它夹在腿间，两手轻轻抚摩枪身，就像小提琴手抚摩着琴弦。枪托上刻着我的名字：阿尔坎如·巴雷洛——猎人。父亲会为此感到骄傲，我延续着家族的狩猎传统，这一传统使我们配得上“巴雷洛”这一姓氏：我们就是玩子弹的人[1]。

我是猎人，明白追捕动物是怎么一回事。然而，一直以来，我才是被追捕的对象。一颗由来复枪射出的子弹从童年起一直追着我。四十年前，这颗子弹将我彻底从睡眠中抽离。那时我还是个孩子，总能睡得很沉，这是只有孩子才具备的能力。枪声撕裂了那一夜以及整个世界。我都不知道自己当时如何能跑着穿过走廊，一双小脚就像是黏在了地上。在客厅里，我看到父亲胸前破了一个洞，双臂浸在一片血海里，仿佛正朝着只有他能看到的对岸游去。在那世界崩塌的时刻，哥哥罗兰度始终坐在他的房间里，抱着一把枪。

---

1 原文为“Baleiro”。“bala”意为子弹，词根“-eiro”一般为“做什么职业的人”，结合在一起意为“用子弹的人”。

“别碰我。”他命令道，声音异常平静，“再也不要碰我，会烧到你。”

他就那样一动不动地坐着，直到邻居和亲戚们尖叫着冲进门。我透过窗子看着大哥被警察带走。没什么好怀疑的，就是他开枪射杀了我们的父亲——颇具声望的猎人恩里克·巴雷洛。母亲早就预见到了这一幕：

“家里放着武器会导致悲剧。”

马尔缇娜·巴雷洛曾这样说。父亲去世的时候，母亲已经不在了，没能看到她的预言变成现实。她比父亲早走了几个星期。一种陌生的病将她消耗殆尽。当时只有十岁的我在短短一个月内变成了无父无母的孤儿。大人们把我和罗兰度分开。他那时还未成年，因此免于接受警方调查。他在擦枪，这是父亲要求的例行公事。亲戚们决定先把他送到精神病院。听说大哥再也没有说过话，再也不是人了。罗兰度原本是善良的化身，但他的灵魂投降了，被邪恶吞噬。在母亲那传说中的夜空里，大哥加入到被黑暗吞没的群星之中。

父亲是个能填满世界的人。他一迈进家门，我们就感受到一种震动，仿佛突然置身在小船上。他所做的可不是一份简单的工作，他是远近闻名的猎人恩里克·巴雷洛，经常被邀请到各地打猎。他不在家时，整个房子都充斥着叹息和神秘。父亲身材高大，性格严肃，寡言少语。如果我小时候身边只有他，恐怕这辈子都学不会说话。母亲缓和了家里的气氛。父亲是从马尼卡的群山迁移过来的，从小生长在都是山和岩石的环境里。他总爱重复一句充满思乡之情的话：

“在我出生的地方，有比天更广阔的大地。”

也许因为不是本地人，他娶了一个黑白混血的女人做妻子。在那个年代，黑人和其他种族的人结婚可不常见。他们的婚姻简直是孤注一掷，既不被黑人接受，又面临着混血人种和白人的排斥。在我成为猎人之后，才真正开始理解父亲。他是个能让整个世界为之惊讶的人。

报社前台的接待员是个胖女人，言语和动作都拖拖拉拉。她仿佛生来就是这副样子，坐着不动，屁股像是正与地球角力的另一颗星球。

“我来问问选拔结果。”

我指了指玻璃门上的告示。女接待员的尖细嗓音像是专门为钻过玻璃裂缝而生：

“你是猎人？”

“我是最后一个猎人。这是我最后一次打猎。”

接待员看着天花板，就像是天文学家凝视正午的天空。她在我面前打开一个信封。为了稍微推迟结果的揭晓，我继续说道：

“我不明白他们为什么要登告示招聘猎人，已经没有猎人了。确实还有些人到处打枪，但他们都不是猎人，只能算杀手。我是最后一个猎人。”

“阿尔坎如·巴雷洛？这是你的名字吗？”

“我是最后一个猎人。”我重复道，没有回答她的提问，继续着多余的演说。我告诉她，如今已经没剩多少野生动物了，因为假猎人们就连幼崽和怀孕的雌性都不放过，不顾及禁猎期，甚至入侵野生公园和自然保护区。权贵给他们提供枪支等一切物资，让这些杀手活在武器、金钱和权力的三角阵中。

“都是肉，都是纳玛[1]。”我没意思地叹了口气。

这才注意到胖女人正无精打采地看着我，等待演说结束。

“你叫阿尔坎如·巴雷洛？你可以随心所欲地去打猎，你被选中了。”

“我能进你的办公区域吗？我想亲你一下表示感谢。”

女接待员出人意料地以灵巧之姿将上半身撑在办公桌上，闭上了眼睛，仿佛这一吻是她这辈子获得的唯一奖励。

我快步走出报社，穿过一群小商贩，向着茵夫莱尼精神病院进发，去看望大哥罗兰度。自父亲死去的那天起，他就一直

1　Nhama，莫桑比克用词，意为“肉”。

住在那儿。我急着想把选拔结果告诉他，他理应第一个知道，更准确地说，除他以外也没有其他人能和我分享这份喜悦了。

医院比挤满木板房的郊区还要远，需要坐很长时间的公共汽车。我把头靠在车窗上，看着街上成群的行人。有足够的地面让这些人踩吗？我仿佛又听到父亲叹息着说:“在我出生的地方，有比天更广阔的大地！”我闭上双眼，假装自己来自另一个地方，那里到处都是天空和大地。

我偶尔会想，是不是自己也应该被关起来。大哥的女朋友叫卢西丽娅，是个护士。她曾确定我是个疯子。我也许真是疯了，所以没和她争辩，但我问她：没有生活的人还能有理智吗？其实是卢西丽娅让我远离了自己的灵魂。我是为了她才写下这些日记，徒劳地希望有朝一日她能看到我匆忙留下的这些手稿。这不是我第一次为她执笔，以前我曾写过一些简单却致命的话。那时写的是一个邀请，现在则是道别。一句虚假的再见，就如同作为猎人的一切，都是自发的幻觉。别人拥有记忆，我只有谎言和虚幻。

卢西丽娅说得有道理。我的疯病很早就开始了，就从我被一颗子弹惊醒后，发现父亲浸在血里那一刻起。在成为孤儿之前，一切在我看来都是无瑕的：房子、时间和天空——别人告诉我，母亲就在天上守护着星星。然而，转瞬间，我面对着生命，感受到恐惧：生命如此无穷无限，我却如此渺小、孤独。我脚踩着大地，缩起身子：双脚太小了。突然之间，就只剩下过去：死亡是一个湖，它比宇宙更黑暗、更迟缓。母亲在湖的一边，她在写信，父亲在水中游着，永远到不了对岸。

老旧的医院一成不变。来等候室见我的是卢西丽娅。她还是那么漂亮，眼神透着诱惑，舌尖舔润着嘴唇。卢西丽娅是护士，对医院的一切都很熟悉。

“你很久没来了。”

“我在外面忙些事情。”这是谎话。

“我和你哥结婚了。”

我假装为此感到高兴。卢西丽娅继续说话，声音却离我越来越远。她解释说，罗兰度在结婚前一天出了院，他们尝试在她家同居，但没成功。罗兰度只会过病人的生活，于是又重新回到医院。

我渐渐听不到她的话。也许是我不懂该如何做自己心爱之人的小叔子。意识已经离场，回溯到一年前，我正是在这家医院向卢西丽娅吐露爱慕之情。那是一个无趣的下午，拖拉得如同传染病。我深吸一口气，向她表白，没敢看她的脸。她非常惊讶，什么也没说，于是我继续说：

“还有件事我得告诉你，卢西丽娅，我每次来医院都是为了看你。”

“这不是真的。那你哥哥呢？”

“我来是为了你。”

然后我递给她一封信。她纤细的手指没有动，过了一会儿才接过信，迟疑着打开。她低声读了起来：

“自从爱上你，我的整个世界都属于你。因此，我从不曾给予你什么，一切都只能算是归还于你。我不求你偿还我的爱，只求一个回答。就用老办法：如果你喜欢我，愿意回应我的感情，就把信的一角折起来，明天还给我。”

第二天，卢西丽娅没提这件事，没带来信，也不说话。她想象不到这种毫无反应对我造成了多大伤害。我本应该忍住不吭声，但实在做不到。

“信不折角吗？”

她摇头表示否定。我藏起了被拒绝的伤痛。人心里都有个地方，可以埋葬每一次小小的死亡！我们肩并肩无言地穿过走廊，沉默就如同这精神病院本身一样冰冷。到了门口，她请求我：

“别因为我的拒绝就再也不来医院，你哥只有你了。”

“你应该把信扔掉。”

“我会扔的。”

“我对你表白实在是太愚蠢了，真不该这么做。你还是把信还给我吧。”

“信是我的。我不是你整个世界的主人吗？”

一年后的今天，卢西丽娅走在我前面，我确定她依旧是我心灵的主人，是整个世界的支配者。

罗兰度坐在医院的阳台上，一如往常地盯着他的双手看。时间仿佛从未前进，他一直活在那里，始终不向命运屈服。

“明天我就要去野外了。”我宣布。

大哥没有动，依旧看着他的手，仿佛那双手已经死了。

“这是我最后一次去打猎。”我补充道。

大哥突然全身颤抖，像是要爆发。他从长眠中醒来，像溺水的人一样奋力抓着卢西丽娅的胳膊，向我靠近，好像在说话，却听不清声音，从他嘴里只传出痛苦的喘息，仿佛吞进了过多的空气，胸膛已经装不下了。卢西丽娅明白他要说什么，冲他点头。他们不用语言就可以交流。大哥坐回椅子上，恢复了之前的状态。我没什么其他的话要说，决定离开，卢西丽娅送我到门口。我打破了尴尬的沉默：

“罗兰度刚才说什么？”

“他求我，让我跟你一起去。”

“真的？！”

卢西丽娅垂下眼睛，做了个意味不明的手势，仿佛刚刚发生的一切是场噩梦。

“他知道了？”

“知道什么？”

“我对你的感情。”

“他早就知道了。他看了你给我的信，在我的箱子里找到的。”

“怎么可能？”

“我一直没扔。”

罗兰度怀疑这最后一次狩猎将是我对人生的告别。即便人能平安回来，也永远回归不了自我。疯狂不是一种病，它是我们家族的罪，只能通过打猎得到救赎。

这就是罗兰度向卢西丽娅坦白的恐惧。在绝望之中，大哥决定给我一个理由，让我眷恋人生。这理由就是他唯一爱过的女人。我转身快步离开，卢西丽娅叫住了我：

“阿尔坎如，你不想知道我的打算吗？”

“不，这已经不重要了。我不希望你跟着我。你应该留在这儿，在罗兰度身边。这不是你的选择吗？”

马 里 阿 玛 的 记 述 2

河流回归

> 女人真正的名字叫作“是”。有人命令道:“你不能走。”她就说:“是，我留下。”有人命令道:“不许说话。”她就保持沉默。有人命令道:“不准那样做。”她就回答:“是，我不做。”
>
> ——塞内加尔谚语

前一日晚上，家里定下规矩:女人们只能待在家，远离即将到来的外人。我们的存在又一次被排斥、疏远、抹杀。

第二天一大早，我起床开始干活儿，想让母亲歇一歇，她很早就瘫坐在院门口了。我坐到她身边待了一会儿，起初她不理我，后来，低沉的声音穿过她的牙齿:

“这个村子杀了你姐，也杀了我，现在不能再杀其他人了。”

“别说了，阿妈，咱们才刚埋了阿姐。”

“咱们所有女人，早就在土里了。你阿爸埋了我。你阿婆、太婆，所有女人都是被活埋的。”

阿妮法·阿苏拉说得有道理，也许我已经被埋了，却还不自知。我不懂什么是爱，我就在土里。这个村子就是个活死人墓，扫墓的只有本村人。我望着远方山谷间的人家，一栋栋褪色的小房子悲伤地矗立着，像是后悔当初平地而起。可怜的库鲁马尼，它从未想过要成为村庄。可怜的我，从未有过任何想法。

母亲曾哀求过无数次，她希望全家能搬到城里去住。

“求你了，丈夫，以所有神灵的名义求你，咱们离开吧。”

“你想走你就走。”

“你要是不放心家里人的墓，咱们可以找人来守着。”

“正相反，女人，如果咱们走了，那些墓里的人就不会再守护咱们了。”

我摇摇头，将记忆晃走。如今说出那些心酸往事还有什么意义？如果一直深陷过去，死去的西林西娅又如何能在我们眼中哭泣？

“阿爸抱怨说你昨天犯了丧期的忌讳。真的会冒犯神灵吗？”

“给你一个建议，孩子，做爱的时候在河里做，在水里，就像鱼一样。”

“看在上帝的分上，这可不是母女间该有的对话。”

“在水里做爱比在床上好。”

“你怎么知道？”

“我看见邻居在水里做。”

“邻居？不可能，她是寡妇。”

母亲笑着坦白，她曾藏在河边偷偷看邻居寡妇洗澡。那女人的手逐渐变成了其他人的手，她的身体因从未感受过的快感而战栗。

“她教会了我报复男人的一种方式……”

我明白母亲话中隐藏的意思吗？邻居寡妇只和死人做爱。这就是阿妮法要对我说的。一代又一代亡灵从女邻居的怀抱中经过。远方的人、外族人、不曾是人的人，都在河水的温床中兴奋不已。在所有这些情人中，无论选择哪一个，对那个女人来说都只有益处，没有疾病，没有背叛，也不用担心怀孕。只剩下简单的回忆，无忧无虑。库鲁马尼的女人们，只有在远离活人的时候才能得到爱的回应。这便是母亲对我的教导。

“你阿爸的命令是对的，从今天起，你不要出家门。”

父亲想把我关在家里，对此我一点儿都不感到惊讶，只是不明白母亲这次为何如此积极地支持丈夫的决定。

“就这么定了，马里阿玛，你就待在家里，别出门！”

后来我想，父母如此坚定地让我远离外来人，其实也没那么难以理解。母亲不懂爱。在这方面，女邻居更有优势，她在河里爱着、被爱着。母亲害怕公路、旅行和城市。令她痛苦的并不是我会离开，而是没有人会带她走。世界上其他地方的母亲都会希望女儿能在整个世界中绽放，而我家却感染了村子的旧俗。

从外面来的人，比如即将到来的那些，都以为这里的村民善良淳朴。他们彻底错了。库鲁马尼的村民会友好地接待从远方来的陌生人，但对待自己人，却始终抱有嫉妒和恶意。因此阿公以前常说：

“这里不需要敌人，自己人就足以让我们溃败。”

生活越是空白，就越容易被那些离开的人占据。他们是流放者、疯子或死人。在库鲁马尼，我们崇拜亡者，在他们身上，保留着生者的梦的根基。对我而言，最重要的亡者是阿德吉如・卡皮塔莫鲁。严格地说，他曾是母亲还在世的最年长的哥哥。我们这里的人和自己的舅舅以祖孙相称，我叫他“阿公”。阿德吉如是我见过的唯一一位阿公。在家里，我们称呼他为“阿纳库鲁”，也就是“最年长的人”。没人知道他的年龄，他也不清楚自己的生日。阿公声称他活了很久很久，是村里那条河的主人。

“是我造了这条河，隆迪・里德娅河。”他骄傲地说。

他的创造还有很多。除了那条河，还有岩石、深渊和雨水。一切都要感谢强大的“民太拉”，即巫师的护身符。然而，阿公并不承认这一身份：

“我不是巫师，只是个老人。”

在殖民地时期，他的父亲莫阿里米曾担任地方官员，负责税收，并且以殖民者的利益为标准处理当地纠纷。这份差事为他招来责难、嫉妒和深重的敌意。我们家族被称为“卡皮塔莫鲁一族”。在这片没有旗帜的土地上，我们把从外来人手里借来的权力当成是与生俱来且流传千古的。

阿公阿德吉如背离了家族传统，选择了猎人这一职业。这才是他的真实存在：一个真正的猎人。“我的武器就是我的灵魂。”他常这样说。有一次，他到基翁加附近猎豹子，在围捕过程中，失手杀死了一个人。按照古老传统，想要洗净身上的血债，必须用树木烧成的灰摩擦身体。阿公拒绝遵循传统，作为受过同化教育的人，他觉得那是种无法忍受的耻辱。从那之后，他便被禁止用枪，只能在狩猎活动中做追迹人。阿公带着帝王般的尊严接受了这次降职。他这一辈子，到死也没有丢掉那份高贵。即便是作为追迹人，他仍然影响着整个库鲁马尼。如今，村民们在狮子的威胁下瑟瑟发抖，十分怀念来自阿公的那份神圣的守护。

父亲热尼托·赛拉分·贝伯本可以成为猎人，但他为了和已逝的导师保持一致，决定只做个追迹人。一个降职，另一个也降职。热尼托决心追随这位失去权位的猎人的脚步。然而，阿公的地位是其他人够不到的。阿德吉如不只是“曼妮埃卡亚”，即家族长老，他的权威延伸到街坊邻里，行使着伟大权力却无须用言语来宣告，那是种无声的震慑。而我——马里阿玛，对他而言是个特殊的人。这位“最年长的人”对我的存在有种神秘的预感：

“你啊，马里阿玛，你来自河流。你将会令所有人震惊，总有一天，你会去到河流流向的地方。”他预言道。

我是女人，命运决定了我不能游走四方。然而阿德吉如·卡皮塔莫鲁说对了。在西林西娅下葬后的第三天，我乘着木舟顺流而下，打破父亲的命令，离家出走。家就是个监狱，而热尼托·贝伯则是天生的狱吏。我要离开库鲁马尼，不能走公路，也不能穿树林。公路上有我父亲，林子里有吃人的狮子。每一条路都是陷阱。我只能选择河流，这条河名叫“里德娅”，取名自在雨季常来此地的雏鸠。其实，河流本可以一直无名，但我们惧怕它会因此而干涸。有人说是阿公阿德吉如·卡皮塔莫鲁为它取的名字，我们都假装相信这一说法。

我与河流一同前进，里德娅以雏鸠为名，而我，马里阿玛，以水为名。我顺着水流、逆着命运而行。小船听话地向前漂，撑船的不是我的双臂，而是一股我不想知晓的力量。十一月是祈求雨水的时节，我祈祷能寻到一方土地，让我像雨一样落在上面，没有重量也没有躯体。

据说，河在远方穿入城市，我对此表示怀疑。我的里德娅河可不说葡萄牙语，河里的鱼儿只知道它们的西玛孔德语[1]名字，我不相信这样一条河能被允许进城。如果有一天我去敲城门，他们也不会放我进去。

“服从一切，除了爱。”可怜的阿姐西林西娅曾这样对我说。是爱驱使我离开库鲁马尼，远离我自己，远离眼前的恐惧和未来的噩梦。我违背父亲的规矩并非出于叛逆，让我做出这一疯狂举动的最大原因是听说访客们就快到了，他们其中有一位名叫阿尔坎如·巴雷洛的猎人。这个男人很久以前就捕获了我。从那时起，我内心再无平静。从爱中逃离是对爱最完全的服从。我年龄越大，就越受这份爱的奴役。在这个世界上，没有一条河能将我从这一陷阱中解放。

那是十六年前，我们的命运交会。那年我正好十六岁，只是个孩子，但我的梦想却早于躯体先一步衰老。离开库鲁马

1　莫桑比克北部及坦桑尼亚东南部的玛孔德人所说的语言。

尼是我那时唯一的目标，我会在周日下午到修道院的鸡舍去偷鸡，再拿到公路上卖，想要攒钱逃到城里。但公路上少有人经过。时值1992年，战争才刚结束，仍旧像是有一副隐形的绞架让一切慢慢窒息。我不明白为什么那么多小商贩都聚在死气沉沉的公路上。也许这是一种祈祷，我们都跪倒在命运面前。也许是因为间或有伐木工人的卡车经过。有权势的人才能做木材生意，我们称这种人为“地主”。不论谁经过，我都举起手中的鸡，它们茫然地拍打着翅膀扑腾。从没有人停下，也没人买。鸡在愚蠢的咯咯声中落回手的控制，仿佛上一个瞬间的大胆反抗太过沉重。

有一次，库鲁马尼唯一的警察马里凯托·布劳布里奥朝我走了过来，彰显着他的权威，询问我的商品从何而来。他指着那些母鸡，说是犯罪证据，指控我偷盗，命令我和他走。

“去警察局？”我害怕地问。

“你应该知道库鲁马尼没有警察局。我有专门关人的地方。”

马里凯托经常滥用职权，人尽皆知。那一刻，扰人的眼神证实了他对我不怀好意。我感觉天变暗了，我的腿也软了，然而顶在腰上的枪杆并不允许我有丝毫推脱。

“求你别伤害我。”

就在那一刻，阿尔坎如·巴雷洛凭空出现，像是突然而至的骑士。他骑着摩托车，停在我面前，犹如气宇不凡的帝王，是至高无上的统治者。警察上下打量着面前的不速之客，在片刻沉默的思索后，他转身离开了。我不知道猎人是否清楚他的出现对我有何种意义，他只是说：

“能让我带走一只鸡吗？”

我希望他把我带走。男人盯着我，眼中带着明显的惊讶。我从未被别人盯着看过，突然感到害羞。那一瞬，我仿佛终于意识到自己有身体。

“你的眼睛。”他感叹道，“啊，你的眼睛！”

我手足无措，就像不能飞也发不出声音的鸟。

“你的身体很美。”这位外来客低声说。

他用语言脱掉了我身体和灵魂的外衣。为逃开这种折磨，我朝河边的树荫走去。男人推着摩托车跟在后面。

“你想跟我去帕尔玛吗？”

“去镇里？我不能去。”

“我骑摩托车带你去。咱们沿河抄近路，没人能看见。”

“我说了不能去。”

“咱们去看电视，你不想看？”

我慢慢环视周围的景色。世界如此之大，一望无垠！宇宙浩瀚无边，而外来客在等待一个回答。太多的想法从脑中闪过。我想让他用摩托车帮我母亲运水。我想让他帮库鲁马尼的女人们捡柴火、收黏土、运蔬菜。我最希望的，是他能够对我毫无索求。

我默默看着河水，不吭声。阿尔坎如懒得再等，开口问我河的名字，他说他来是为了抓河里那些让人害怕的鳄鱼，得先知道河叫什么。

我叹了口气。外来客并不想知道我的名字。他只对周围环境感兴趣。

“全名是隆迪·里德娅河。”我漫不经心地回答，“不过我们只叫它里德娅河。”

“这名字是什么意思？”

“这是我们对一种雏鸠的称呼。”

“雏鸠？”阿尔坎如问道，然后他笑了。我不知道是什么让他觉得有趣。

“这名字起得对，有些河流确实能让我们飞翔。”

猎人如是说。我们望着河水，互相道别。如今这同一条河成了我离开库鲁马尼的路，我要通过它来逃离家庭和命运。

我在清晨开启旅程，目的是找到猎人，告诉他这里有埋伏。计划很简单：在桥附近弃船上桥，跑到公路上等他们。阿尔坎如在十六年前把我从滥用职权的警察手里救出，这一次，由我来救他。我已经能看到自己站在公路上的样子，挥舞着的双臂如同不知疲惫的旗帜。也许猎人会拥抱我，把我举起来，完成一次心驰神往的飞翔。

随着小船在水中前行，另一种情绪渐渐将我掌控。我不想去找猎人了，我更想逃离他。为什么要逃离唯一会爱我的人？我不知该如何回答。母亲常说，女人打磨男人的灵魂，如同流水磨石。然而这并没有发生在我身上。没有爱，没有男人，也没有灵魂。时间一久，我就放弃了希望。人能够放弃希望是因为已经放弃了生活。所以我要逃，我害怕被吞噬，并非被内心的焦灼，而是被无爱的空虚以及对爱的渴望所吞噬。

小船最终到达水流平缓的河段，这里的河水清可见底，被认为是一处神圣之地，只有巫师才敢到达。村里人都说，水会在此处筑巢。长者们称其为“拉里·瓦卡提”，即“时间之卵”。天堂般的安谧本该让我冷静下来，但并没有，因为我意识到船不动了。不论我如何努力都无法前进。并没有对流或旋涡，但小船躺在水中停滞不前。只能说它是在遵守古老的法则：每一片土地都长着手臂。越是想离开，就越走不了。阿公阿德吉如以前曾抱怨说：“在这片可恨的土地上没有天，云彩也只能被埋进土里。”如今我也同样咒骂着自己的出生地。

我站在微微抖动的船上，发现岸边灌木丛中有个黑影，这令我的心提到了嗓子眼，怕得发抖。尽管是女人，我依旧继承了家族血液里的猎人直觉，能辨别出树丛中移动的动物，比任何人都更熟识气味和印记。我确定岸边有只动物！有只野兽正小心翼翼地透过树丛观察着我。

突然，它出现了：一头母狮！它来岸边喝水。母狮盯着我，既不恐惧也不兴奋，倒像是等我很久了，询问的眼神将我钉在原地。它的动作并不带有一触即发的紧张，它认识我，不仅如此，母狮以对姐妹般的尊敬向我问好。对视持续了一段时间，一种宗教般的和谐之感在我心中油然而生。

母狮喝足了水，开始伸懒腰，仿佛有另一具身体想从它的体内抽离。接着，它慢悠悠地转身，步伐轻柔，尾巴左右摇摆着，如同长着绒毛的钟摆。我笑了，内心感到无比骄傲。所有人都以为威胁村子的是公狮子。并非如此。是这只母狮，如舞者一般精致、美丽，如女神一般威严、崇高，是这只母狮使得恐惧在附近蔓延。有权势的男人以及手握武器的战士都被她征服，成为恐惧的奴隶，输给自己的无能。

母狮又看了我一眼，原地转了几圈之后离开了。一种无法描述的感觉令我瞬间失去了辨别能力，我大声喊道：

“阿姐！我的阿姐！”

我奋力划桨，让船靠近岸边：

“西林西娅！乌米妮娅！伊瓜丽塔！”

死去的姐妹们的名字在模糊的场景中回响。我从头到脚都在颤抖。叫出死人的名字是对神圣戒律的挑战。死人们听到召唤，可能会重现于世。也许这正是我的秘密意图。近乎绝望的热忱令我再一次违背传统：

“是我啊，姐妹们，我是马里阿玛！”

至此我才意识到眼前的情形有多荒谬：我，一个从未提高嗓门儿说过话的人，如今却大声叫着死者的名字，她们又听不见。指责我的人是对的：我疯了，失去了控制自己的能力。我大哭起来，像是在释放着出生时未曾流出的泪水。阿德吉如说得对：哭泣并不是件悲伤的事。真正的悲伤，是没有让你想要为之哭泣的人。

“别丢下我，求你们了，带我一起走。”

喊叫声在树林间回响着，听上去就像是有其他声音在召唤西林西娅。然而，厚重的树丛没有丝毫动静。在母狮刚刚饮水的地方，一摊红色迅速在河水表面散开。转瞬间，整条河都变成红色，我在血液中航行。我总梦见生孩子，有血从大腿间涌出，如今这同样的血正浸染着河水。阿德吉如·卡皮塔莫鲁是对的：这条河是出自他之手，就如同我诞生于他的温柔。于是我明白了，这片土地并不是我的监牢，阿公才是。是他拖住我的船，把我定在最平静的河段。

“求你了，阿公。”我祈求他，“让我继续顺水而行吧。”

我蜷缩在船腹中，试图获得如胎儿在母体中一般的睡眠。出人意料的是，另一艘船在寂静中慢慢接近，就像悄悄游动的鳄鱼。只能是阿德吉如，他来救我了。我嗓音沙哑地叫了一声：

“阿公？”

两条船贴在一起，一个身影在我上方用绳子拴住了船桨架。不速之客逆着光，只能看出轮廓。我不想浪费哪怕一秒，马上指着岸边说：

“就在那儿！母狮刚刚就在那儿！咱们去找它，阿公，它肯定还在附近。”

“坐起来，马里阿玛。”

我吓了一跳：那不是阿德吉如。另一条船上是马里凯托·布劳布里奥——独来独往的刽子手。他要把我拖回库鲁马尼。途中，马里凯托停止划桨，两眼盯着我看，直到小船开始顺着水流方向漂去。

“你还欠我点儿东西，马里阿玛，记得吗？这里正是偿还的好地方。”

他一边靠近一边脱衣服，流着口水向我爬来。奇怪的是，我并不害怕，反而向马里凯托发起进攻，叫喊着朝他吐口水，用指甲挠他。在恐惧与震惊中，警察向后退，惊恐地看着手臂上被我抓出的深深血痕。

“臭婊子，你想杀了我吗？”

他用衬衫挡住伤口，继续划船向库鲁马尼进发。划桨的同时，他不断重复道：

“这女人完全疯了。”

区长弗洛林度·马克瓦拉和我父亲站在岸边。看到他们，我马上叫喊起来，声音因紧张而混乱：

“我看见了，我看见了！是一头母狮，阿爸！是真的狮子，不是人造的。”

“撒谎。编故事也没用，我要惩罚你。”

“我看见了，阿爸！就在水流平静的地方，有一头母狮子，我绝对确定！”

为了与我作对，马里凯托说那里什么也没有，即便是有，我又怎么能肯定那是母狮子？毕竟本地的公狮体型比较小，而且几乎没有鬃毛。

区长小心翼翼地避免鞋子沾到水，保持着距离，对我父亲下达命令：

“我可不希望这孩子和即将到村里来的人有任何接触。”

“您可以回家休息了，长官，我会把她捆在院子里。”

“我希望她远离我们的客人。马里凯托，发生了什么？你怎么流血了？”

“绳子蹭的，长官。如果您允许，我能说句话吗？”

“说吧。”

“贝伯，你闺女的脑子原本只是不转，现在变得可怕了。她怎么能一个人到那个神圣的地方去呢？”

“你说得对，马里凯托。你不知道他们是怎么对待丹迪的吗？就是那个去了不该去的地方的女孩。”

三个男人忙着停船。我坐在岸边，突然意识到小船和棺材很像，它们都有大肚子，都驶向时间之外。河流未能将我带到目的地，却让我见到了母狮——离我远去的、我所等待的姐妹。

猎 人 日 记 2

旅程

我举起网，只等待蝴蝶退缩和犹豫的时刻。若能化身为光和空气，该有多幸福，只需凭直觉接近，就能占有它。古老的狩猎法则置身于我与猎物之间：我越是全身心投入去服从它，我的身体和灵魂就越能转化为蝴蝶。我越是快要捉到它，蝴蝶就变得越像人。最终，我似乎必须捉到蝴蝶才能重新为人……狩猎归来的路上，溃败的动物的灵魂占有了猎人。

——瓦尔特·本雅明《捉蝴蝶》

我向来不喜欢机场。满眼都是人，又谁都没有。我更喜欢火车站，那里为掉眼泪和挥手道别留出了时间。火车叹息着缓慢启动，带着悔恨离开。飞机的疾速则是非人类的。每当我凝视着飞机冲上天空，便感觉母亲的传说失去了意义。因为苍穹中出现了不再缓慢的东西。如今我身处马普托机场，却能确定自己并不在任何地方。旁边有人说英语，将我拉回现实。

“这位是作家先生，他这次会同你一起去。”

作家是白人，个子不高，戴眼镜，留胡子。这个文化人很出名，有不少人来找他要签名。他起身要跟我握手：

“我是古斯塔夫。古斯塔夫·贺加罗。”

他好像很喜欢自己的名字，期待我对它有印象，然而，我表现出完全的陌生。

“我要为这次狩猎写一篇报道，雇用你的公司也雇用了我。”

“你会喜欢的。狮子们要是知道它们的死值得被报道，也会喜欢上这次狩猎。”

“这是我第一次参与打猎。应该说，我其实持反对意见，希望这不会冒犯到你。”

“反对什么？”

“猎杀行为，尤其目标还是狮子。”

“亲爱的作家，问题是你还没有见过狮子。”

“我怎么会没见过？”

“你只见过野生动物图册里的狮子，并不知道狮子到底是什么。它们只在自己的领地显露真面目，在那里它就是王。你跟着我到野外丛林，才会知道什么叫真正的狮子。”

四个小时的飞行足以让我感受到自己与身边这位作家的不同之处。他一副知识分子的样子，手里拿个小本做笔记，嘴就没闭上过。一句话总结：我很烦他。从对方的态度来看，把这句的人称代词颠倒过来也成立。作家总能让我想起罗兰度，他盯着我看的方式很像我大哥，就像是在指责我。

“羽毛有重量，鸟也有重量，会飞的是它们中较轻的那个。”这句谚语属于我已故的母亲——马尔缇娜夫人。对于我来说，这两种轻盈都很沉重，而且我的睡意从未在夜间起航。一种持续警醒的状态令我像醉汉一样，始终徘徊于清醒与困倦之间，浮浮沉沉，如同溺水之人。这就是罗兰度朝我父亲开枪的那个夜晚留给我的后遗症。失眠招来我不想要的记忆，沉睡则洗去我想保留的画面。睡眠是我的病，我的疯狂。

在旅途中，我被倦意战胜，闭目养神，就为了在听到撕纸声时假装被吵醒。古斯塔夫不好意思地笑着向我道歉：

“我要给女朋友写封信。用老办法。写一封假想的信，只为了让我分分心，不再那么想她。”

假想的信？这世界上还有不假的信吗？我想起那些由父亲口述、母亲记录的情书。那是一种仪式，发生在傍晚时分，伴随着家附近池塘里青蛙的叫声。我们是黑人以及比黑人还要低一等的黑白混血，只能住在社区边缘汇聚雨水和疾病的地方。在做记录前，母亲马尔缇娜·巴雷洛总会为此打扮一番，那是她唯一能从丈夫口中听到美好词句的机会。父亲只有在那一刻才是温顺的，态度近乎服从，像是在道歉。母亲伏在桌上，像一块有年头的布。罗兰度在边上做家务，这种时候他仿佛比母亲还要年长。直到今天，父亲缓慢的声音依旧在我脑中回响：

“亲爱的恩里克，我亲爱的丈夫，我生命中唯一的爱……你写下来了吗，马尔缇娜？”

他的情书总是很长，就像喝醉了一样来回重复那几个词，内容都差不多。父亲太不擅长使用文字了！我继承了这一缺点，而罗兰度却正相反，文字对他来说就是个游戏。也许正因为这样，我才对身边洋洋洒洒写下大段文字的旅伴感到不满。又或者，我只是烦闷于没有可以写情书的对象。

作家写完了假想的情书，叠好放进信封里，又拉开行李箱的拉链，把信封放在很多个信封之间。信虽然不会真的寄出去，这场景倒是很有说服力。回忆再次向我袭来。在距离我们很遥远的时空里，恩里克·巴雷洛完成了仪式剩下的部分：他把母亲写好的信装进信封，用嘴舔湿封口，封好后放进行李。他会带着那些情书去参加漫长的狩猎，还会带一张失焦的马尔缇娜的照片。

“这照片不聚焦，我就可以拿给别人看，他们能看见你，又不能看得太清楚。”

嫉妒心真强啊，老恩里克！正是这份嫉妒导致了流血与悲剧。

透过飞机舷窗，能看到最后几缕日光分散在云层中。我想起母亲讲的故事，指责太阳妄自尊大。我总在天黑时清醒，也许正因为那个传说。我不属于白天，我属于黑夜。小时候，我总把院子当成草原假装打猎，玩到日落时才筋疲力尽地回家。罗兰度嫉妒我与世界如此亲密。他是待在家里的乖孩子，我是在外面疯跑的野孩子。

“妈妈，求你了，别让我现在就去洗澡，我想再多脏一会儿。”

汗水和尘土延长了幻想中野外之旅的乐趣。父亲总是不在家，马尔缇娜·巴雷洛可以做主，自由行使她的母性仁慈。这对于我们来说是松了一口气，她却总是很想念父亲。在漫长而孤独的日子里，母亲继续她的书写仪式：穿上最美的裙子——她唯一的裙子——仿佛恩里克·巴雷洛就在场。她如此尽心尽力地书写，我们好像真能听到父亲那拖沓的声音在房中回响。

“干吗开那么快？”

作家没回答。飞机在彭巴降落后，我们向帕尔玛地区进发。等待我们的是长达九小时的公路之旅，在条件最差的沙子路上行驶。

全地形车上坐着四个人：前面是我和作家古斯塔夫，弗洛林度・马克瓦拉和妻子娜夫塔琳达坐在后面。弗洛林度是该地区的行政长官，称呼妻子为第一夫人，这很贴切，她的体重也是第一，车子被压得向她那一侧倾斜。

车由古斯塔夫驾驶，我更愿意专心巡视小路两边的草丛。两个小时过去了，不停向后闪去的风景始终只有那一排排枯骨般的树。

“干吗开这么快？”我又问他。

这问题其实是个命令。必须让古斯塔夫明白这次活动由谁做主。我们两个人就像相反的两极。作家是个矮小的白人，而我则是高大的黑白混血。他废话太多，还总直视别人的眼睛。我认为别人的眼睛能夺走我的灵魂，对方的眼神越是具有人性，我就越可能会转化为动物。

“还有很远吗？”古斯塔夫问。声音太过沉闷，没人听见。

我并未尽力去掩饰自己的笑意。最终作家投降，减慢了车速。我看向后座：

“你在睡觉吗，娜夫塔琳达夫人？”

她的沉默与外面的景色共鸣，世界仿佛还未开始。车里的宁静更多了一分严肃。我认识这种沉默，知道它如何在炎炎夏日里沉入人心。起初，它先让人感觉说话的欲望过于沉重，然后大家就都忘了想说什么。不久，就连呼吸都是在挥霍身体的能量。

“阿尔坎如说得对，开慢一点吧。”娜夫塔琳达夫人抱怨道，“这路面太差了，我们坐在后面被颠起来好几回。”

娜夫塔琳达的语调很温和，符合外表给人的感觉。她身上有一种淡然，像是清楚自己想要什么，无须去要求。我的双眼巡视着周围的景物，视线如同点燃柴草的火焰。树木在作家眼里是树木，在我眼里则是能提供遮蔽的藏身之所。臭名昭著的狮子就藏在暗处，它们吃人，也吃梦。

我集中精力盯着暗处看，没注意到后座有人开始了独白。区长在后面侃侃而谈他喜欢的汽车，详细到牌子、型号、原产国和年份。他对于公司为我们配备的这辆车赞不绝口。

“还有很远吗？”我问道。只想借此转移话题。

区长重复着那句他说了几十遍的话：没有多远了。他说我们“基本上”已经到了。作家询问：

“真奇怪，都看不到人。没人生活在这里吗？”

弗洛林度·马克瓦拉严肃起来，感觉受到了冒犯。难道这位来访者是在暗示他这个区长只管理石头和沙土吗？

“你会见到人的，非常多的人。”

“停，停车。”我边下命令边打开车门，半个身子已在车外。接着，我一步步靠近路边的灌木丛。秃鹫正在灌木丛上方的高空盘旋，说明那里可能藏着腐烂的肢体。结果只是虚惊一场。我示意让大家都先下车。

“咱们暂时歇一会儿。”

娜夫塔琳达夫人下车时，吉普车发出痛苦的哀鸣。区长慌慌张张地对我们说：

“你们快在下边扶她一把，别让她摔了。看在上帝的分上，千万别让她摔了。”

“至于你，我的丈夫，你可不要来扶我，别忘了我禁止你做什么。”

几条胳膊举起来帮第一夫人完成了下车任务。我犹豫着不知该把手放哪儿，担心胳膊会在层层肥肉中迷路。在我面前，巨大的屁股挡住了日光，就像突然出现了日全食。

“早知如此，我就带起重机来了。”作家悄悄对我说。

已经站在地上的娜夫塔琳达也正低声对丈夫说着什么。区长面露难色，小声说：

“我妻子需要进树丛。”

“去吧。”我不带任何情绪地回答。

“她不敢。”

“你陪她去。”

“她更希望由你来保护她。”

“这种事就和其他某些事情一样，还是由丈夫来做比较合适。”

“我倒不是害怕。”娜夫塔琳达以女王般的口吻声明，“只是我听说这些狮子只杀女人，不知道我这个第一夫人是不是也在野兽的菜单上。”

“肯定在。”作家说。

“那边安全。”我指着几块岩石更往前的地方向她保证，“夫人，你可以去那边，我们就在这里查看周围情况。”

为了不去在意尴尬的等待过程，作家假装对我的来复枪感兴趣，他坦白地说：

“我曾经幻想过使用武器，成为一名战士。那时候我们总说枪杆子里出自由。”

“成真了吗？”

“你说自由？”

“不，我是问你后来成为战士了吗？”

“差不多吧。”

“武器和自由可没有‘差不多’这种说法，你看见过人被打死吗？”

“没有。你呢？只杀动物还是也杀过人？”

突然，我又记起父亲满身是血的画面，那不只是他的血，也是巴雷洛家每一个人的血。沉重的语气使说出的话更加严肃。我们杀死的人，不论对方有多陌生，也不管是怎样的仇敌，最终都将变成我们永远的亲人。他们不会离开，始终比生者更有存在感。

回到我们四个人的交流时间，娜夫塔琳达夫人笑了，因为作家正在拍打身上的尘土，看上去就像自虐。

“现在明白当狮子的好处了吗？它们不会把自己弄脏。”第一夫人说。

“我很想洗个澡。身上的土比衣服上还多。”古斯塔夫使劲摇晃着身体抱怨道。

“最好保持现在这个样子。”我讽刺地建议他，“你最好保持这样，好让身体能尽快适应土地，习惯做个属于大地的人，属于这片土地。”

“我本来就属于这片土地。”

“这点只能由大地来确认。”

我转身离开，并没有忽略作家在我身后气急败坏地说：

“傲慢的浑蛋！”

我们回到车上，区长跑到车后面查看货物：挤在后备厢里的十只羊。它们很安静，带着动物所拥有的那份愚蠢的天真。

“把它们捆起来不是更好吗？”娜夫塔琳达夫人问。

那些羊一路上都站着，像职业舞者一样平衡着身体。弗洛林度骄傲地说：“羊天生就会坐车，哪怕是在脚踩不到底的深渊，它们也知道该如何保持平衡。”接着，区长张开双臂，友好地说：

“别忘了，猎人同志，其中一只是给狮子做饵的，你随便挑。”

“有一点我需要说明，尊敬的区长，其实不止一点。首先，我不是您的同志。其次，也是更重要的一点，我打猎不用饵。我是猎人，不是渔夫。”

“随你怎么来。不管是捕鱼还是打猎，你得消灭那些狮子，这最重要，关乎我的政绩。”

对于他而言，狮子吃人是个政治事件。

“我的上级领导们，”他强调，“下达了十分明确的指示：会投票的是人，不是动物。必须马上解决掉可能引起居民们不满的问题。”他用命令的口吻总结道，“必须杀了那些狮子。”

“我不会杀了它们，这一点可以确定。”我回答。

“你什么意思？”

“我是猎人，我猎捕，不杀戮。”

“有什么不一样吗？”

“对于你来说也许没有区别，但我认为完全不同。到村子之前，请让我先把话说明白，我并不是区政府雇来的，我只服从付我钱的人。”

车子再次起程，掀起尘土，扰乱了这片草原千年之久的宁静。区长看起来想避免与我发生冲突。有著名作家在，对他而言可是树立良好形象的大好机会。他那看似无意的话证实了我的看法：

“不论是杀死还是捕获，最重要的是让居民们恢复日常活动，都是为了与绝对贫困做斗争。”

这人已经不是在说话了，而是在演讲。他说这次狩猎活动受他所在的党派领导，旨在拯救人民于水火之中。拯救，这个词太大了。我透过汽车的反光镜看到车尾扬起的尘土，感觉甜美的睡意逐渐入侵我的意识：我多希望能被拯救！就让我沉没吧，像溺水的人一样躺在拯救者的怀中——更正：女拯救者的怀中——卢西丽娅。

“你去捕猎的时候，我跟着你，阿尔坎如同志。”区长宣布。

“打猎的时候，没有谁跟着谁。”我回答道，“狩猎过程中只有两方：进攻的和死亡的。”

“我需要人们看到我的身影，看到我带着战利品回村。”

终于，视野范围内出现了房屋。

“再过一会儿，”娜夫塔琳达对作家说，“村民们就会经过这条路去集市。”

“这些房子里住的不是人。”区长纠正。

“不是人？”古斯塔夫问，“那是什么啊？”

“现在住在此地的是恐惧。”区长回答。

离开首府城市彭巴九个小时后，我们到了村里。区长的话有其道理，但库鲁马尼不只有恐惧，虽然眼前的村民们看上去都有些胆怯。

“别把车停在路中间。”马克瓦拉命令道。

我笑而不语。小路窄到根本没有“中间”，两边也没有路肩。一切都染上土色。我身上也全是土，都快里外不分了。我抖抖身子，双手如同从身体迁移而出的云。一阵剧烈的咳嗽从胸膛爆发，我已在尘雾的统治之下。

人山人海将我们包围。区长夫人在我耳边轻声解释，附近其他村庄的村民被动员来迎接。这并不符合安全规定，他们得在夜色中毫无防备地赶路回家。但这又是不可避免的，因为欢迎仪式的规模标志着区长的工作能力。弗洛林度·马克瓦拉始终想给我们留下好印象。所有功劳都逃不出他的手心，他鼓励古斯塔夫·贺加罗：

“亲爱的作家，你看到了吗？人民爱我们，爱我和我的政党。把这些都写出来，还要照相。”

人群中有人握住我的手臂，我回应地握了一下那只手，这才发现对方是个盲人。他穿着迷彩服，光着脚。

“你们到了！”盲人惊呼，仿佛我们完成了一项艰巨的使命。接着他继续说道：“你们来库鲁马尼，是来流血的。”

在那一刻，我屈服于一种莫名的冲动，开始向人群点头致意。脑海中回放着曾经的画面，在别处，人们把我当作是救星。而这里的人却对我们侧目。盲人的手再次拉住我的手臂说：

“你带枪来了？为什么？这里的狮子可不是子弹能解决的。”

盲人能在人群中跟住我，这令我怀疑他是否真的看不见。他的问题更加深了我的怀疑。盲人像落水者一样奋力拉住我问道：

“你能看见我？”

“为什么这么问？”

“没有人眼里有库鲁马尼，没有人能看见我们，只有木瓦维，也就是巫师，才会注意到我们。”

区长帮我摆脱了与盲人不合时宜的对话，把我拉到车前面被车灯照亮的地方，小声说：

“咱们踏着夜色到达这里，因此有人认为咱们是‘瓦西罗’。”

“是什么？”

“‘瓦西罗’，属于黑夜的生物。在这个钟点拜访村庄，除了咱们可没有别人了。”

接着，区长大声命令道：

“让我们过去吧！我们是来救你们的，我带来了杀狮子的人。”

盲人点头示意，然后再次靠着我的手臂说：

“没有杀戮。你们来是为了死在这里。”

我环视四周。两天前的夜里，死了一个女人。在她之前已经有二十个女人被野兽吞食。不远处的荒草地上也许还留有脚印、血迹以及无名罪恶所留下的无法掩盖的残骸。我想着村民们的痛苦与恐惧，想着这个村庄的无助，它离世界、上帝都那么遥远。库鲁马尼比我更加无依无靠。

现在是夜晚，世界上已没有了影子。

马 里 阿 玛 的 记 述 3

模糊的记忆

每天清晨，羚羊一睁眼便知道它必须跑得比狮子快，否则就会命丧狮口。每天清晨，狮子一睁眼便知道它必须跑得比羚羊快，否则就会死于饥饿。不管你是狮子还是羚羊，太阳升起时，你最好开始跑。

——非洲谚语

拜访者们昨晚到达库鲁马尼，我没去偷看欢迎仪式。我本可以从禁闭中逃出去，却没那样做。这些年，我梦想着能再次见到阿尔坎如·巴雷洛，这支撑着我活下来。如今他就在那里，走一会儿就到了，而我只能保持着距离，远远看着包围着外来者的人群。那些人就像秃鹫，以吃残骸为生，吃我们的残骸。母亲曾说：“他们就是秃鹫。”本地流传的至理名言说道：秃鹫是种强取豪夺的飞禽，即便是死了，它那双找寻残食的眼睛也不会闭上。

阿妮法·阿苏拉专制的声音将我带回现实：

“别发呆，马里阿玛！快去宰只鸡。”

为了迎接来客，女人们正在准备一顿丰盛的大餐。女人永远只能隐藏在暗处。我们清洁、打扫、做饭，却不能与男人同桌吃饭。我和母亲都知道该做什么，几乎用不着言语交流。我的任务是到鸡笼里抓一只鸡，把它宰掉，再把毛拔了。在一片嘈杂的叫声中，我追赶着一只母鸡。突然，有脚步声从背后传来，就像猎人在接近猎物。我停下动作，喘着粗气，急躁地用眼睛巡视四周，却没看到任何人。痛苦的声音逃出胸膛：

“是你吗，阿姐？”

我意识到只有自己一个人，便在梯形架子上坐下，那是鸡晚上睡觉的地方，能让它们免受秃鹫的惊扰。

一些“秃鹫”正在帮阿尔坎如·巴雷洛安排住宿，而我独自一人，两膝之间夹着一只鸡，准备拔毛。鸡毛在微风中错落飘荡。突然，我看到西林西娅，她在逆光处伸出双手收集飘散的毛。她将手掌合起，不让它们从指缝逃走，然后把这团毛球交给了我。我接过馈赠，听到她那熟悉的声音说：

“看啊，妹妹，这是我的心。狮子没把它带走。你知道该把它交给谁。”

有血流过我的手臂，流过卡普拉那[1]和我的双腿，应该是鸡血。一阵眩晕模糊了我的视线，我胸中腾起不可抑制的愤怒，如同火山躁动。母亲的声音从屋内传来：

“马里阿玛，鸡杀了没有，还是你又在偷懒？”

我想回答，却说不出话，突然就失语了，只能发出嘶哑的气声。我很害怕，用双手摸着嗓子、嘴巴和面颊。尝试求救的喊声出口后变成低吼。上颚出现被沙子刮过的感觉，就好像我嘴里接了猫的舌头。阿妮法·阿苏拉出现在门边，双手叉腰，等着要我处理好的鸡：

“又发作了，马里阿玛？”

母亲的出现吓到了西林西娅。她那不属于尘世的脚步声逐渐远去，鸡群随之发出悲鸣，母鸡们肯定也感受到了阿姐的存在。一只母鸡死在我手上，作为同胞，它们却只注意到不易亲近的亡灵。如果我真的疯了，至少还有这些母鸡与我分享疯狂。

母亲好奇地坐过来。慢慢地，她把双手举到脸上，像是在求救。在离我还有两步远的地方，她停下脚步，脸色暗了下来：

“你把鸡怎么了？我的孩子，你都没用刀?！”

阿妮法慌乱地跑回屋里。破碎的母鸡瘫在地板上，这时我

1　卡普拉那（capulana），莫桑比克女人裹在身上及头上的布，也可做成裙子。

才发现，脚边有一只秃鹫。

那一刻，我想起从前，在内战全面爆发时，神父们都撤离了库鲁马尼，没人看管修道院的鸡舍。被抛弃的母鸡活在逐渐破败的鸡舍里，慢慢有了野性。它们白天出发到荒野找食，晚上才回去。鸡笼越来越破旧，木板被白蚁蛀蚀，这是一个警告：秩序与混乱之间的界线慢慢消失。原始野性重新夺回其最初的地位。

后来，母鸡逐个被秃鹫吃掉。凶猛的野生飞禽占领了家养动物的领地，它们怡然自得，都变得不再惧怕人类。有六只秃鹫最后竟然会听从阿德吉如的命令，阿公喂它们肥肉作为奖励。

有一天，我们家的晚饭非常丰盛。

“今天有鸡吃啊，要庆祝什么？”西林西娅问。

我不相信那是鸡，因为太大了。只有我有勇气发问：

“我们要吃秃鹫？”

“吃秃鹫怎么了？”父亲回答，“你没听说过猎人为了能有更好的眼力而吃秃鹫吗？”

我从不知道自己都吃了什么。那顿饭过后，我再也无法安睡，总被噩梦从床上抓起来，并且会感到非常饥饿，饿得无所适从。饥饿感对我的控制简直是非人的。更贴切的说法是：我并非感受饥饿，而是从头到脚化身为饥饿，流着黏着的口水。

“大半夜的你怎么在吃剩饭？为什么那么饿？”习惯在深夜活动的阿公对此感到奇怪。

他们带我到帕尔玛的医院做检查。医生说可能是糖尿病。这是毫无根据的猜测，检查结果显示正常。回到库鲁马尼后，发生在我身上的神秘现象并未缓解。

夜里，阿公看到我在门廊啃着剩肉，从木薯粉里挑鸡骨头。阿德吉如利用黑夜来进行他的另一项活动：雕刻面具。遵从前人的规定，需要秘密进行，不能让人怀疑面具出自他手。雕刻的始终是女人的面孔：女人曾经是神，不想被遗忘。男人用双手雕琢出他们不敢说出口的话。

“我能做一个面具吗？”我问。

阿公说面具不单是跳舞的人戴在脸上的木雕。舞者、舞步以及在身体里澎湃的音乐，合在一起才叫面具。

“等你做好了，我能戴吗？”

“这不是面具，这叫台拉，也就是护身符，看你愿意怎么称呼。”

“上帝啊！阿公，你相信这些东西？”

“我怎么想不重要，重要的是死人们怎么想。没有这东西……”他转动起手中的小木头，“没有它的话，祖先们就会远离库鲁马尼。而你则会远离这个世界。”

“请原谅我，阿公，但您一出生就接受同化教育，应该接触不到这些传统说法……”

充满善意的微笑便是他的回答。然后他劝告我不要把剩饭倒在院子里。

“会招来动物……”

也许那正是我想要的，把动物召集到房子周围，恢复野外生活的无序，把鸡笼变成秃鹫的巢。

随着时间推移，夜间的神秘现象恶化了：我醒来会发现床单被扯坏了，很多东西散落在地上。

“已经不只是饿，我病了。阿公，我到底是怎么了？”我哭着问他。

阿德吉如某次回答说病因是个秘密，埋藏得太深，以至于它把自己忘了。

“我听不懂，阿公。您这话让我很害怕。”

我当时就是病了，是的，但正是这个病保护我不受过去的影响。

“问题不在你身上，孩子。问题在于这个家、这个村子。库鲁马尼已经不是一个地方，而是一种病。”

库鲁马尼和我都病了。我在十六岁那年喜欢上猎人，那份感情不过是一种求助。我无声地求他把我从病中解救出去。正如写作拯救我于疯狂，书籍也给予了我声音，就像沙漠中的绿洲。

很多年前，阿尔坎如离开的时候，我曾想过给他写信。我想听从自己的意愿，给他写无数封信。但我从未将信件寄出。没人比我更爱文字，但同时，我害怕书写，害怕通过书写成为我所承载不起的另一个人。阿公秘密地雕刻着木头，我也持续进行属于我的秘密任务。落在纸上的文字便是我的面具，我的护身符，我的药。

如今，我明白没有寄出那些信是多么明智的决定。如果阿尔坎如收到我写给他的信，一定会疑惑。在库鲁马尼，很多人羡慕我的书写能力。在一个大多数人都是文盲的地方，一个女人掌握了写作技巧，这让人感到奇怪。他们以为我是在修道院里跟葡萄牙神父学的。其实早于那里：我通过动物学会了阅读。最初，我听过很多关于野生动物的故事。一直以来，寓言和神话教导我区分对错、辨别是非。总的来说，最早是动物使我逐渐成为人。

这种学习并非出于计划，但有着它的目的。每次父亲和阿公打猎回来，我们会吃掉猎物的肉，卖掉皮毛。阿公会带回小战利品送给我：指甲、头盖骨、羽毛。这些东西都放在门口，每一件下面都有一张纸，阿公在上面写一个字母。“a”代表鹰的羽毛，“c”代表山羊的头盖骨，“m”代表蒙达，也就是土语里“箭头”的意思。这些字母排列在我眼前，每一个都是一种新的颜色，我用它们来看世界。

有一次，一张纸上放着狮子的爪子。阿公蹲在我身边，舌头像鞭子一样卷起碰到上颚，发出了“L”的读音。他的大手把着我的手在纸上写下这个字母。我笑了，充满胜利的喜悦。那是我第一次面对狮子。那野兽被我写在纸上，蹲伏在我脚边。

“你要当心，孩子。书写是一种危险的荣耀，会让其他人害怕……”

在由男人和猎人主宰的世界里，文字是我的第一件武器。

我爬到院子里的番石榴树上偷看村中的广场。“席塔拉”从未聚集过如此多的人。酒足饭饱后，他们的谈话声更响了。外来客们在走廊另一边，我看不见，便在柔软的树干上调整姿势，闻着番石榴的香气来缓和内心的焦急。然后，我看到阿尔坎如出现在广场上，他在散步，看上去没什么变化，只是比以前严肃了，依旧像王子一样气度不凡。我的心跳出了胸膛。站在树上，我感觉自己处在时间之上、世界之巅。

突然，娜夫塔琳达迈着坚定的步伐穿过广场。那里禁止女性出现，她在做什么？我还是小姑娘的时候就认识了娜夫塔琳达。我们曾共同分享修道院的孤寂。有些人说肥胖令她精神错乱。我理解她的疯狂。只有偶尔的小疯狂才能拯救我们免于精神失常。

满是人的广场让我回想起一些事。阿公以前常拉着我在村里转。他带我到“席塔拉”，那是只属于“伟大之人”的聚会场所。我的出现是不当之举，只有阿公阿德吉如有权力批准。男人们喜欢听他讲狩猎的冒险经历。一开始，他总会有些犹豫。阿公偶尔会把我推到中间，然后说：

“马里阿玛，由你来讲故事。”

“可我是女孩，从来没打过猎，以后也不可能去……”

“所有人都打过猎，也都被猎捕过。”阿公说。

阿公这是在拖延时间，好成为众人关注的焦点。然后他利落地起身，丝毫不受年龄影响，骄傲的言辞很快在房间中回荡。有那么一刻，阿德吉如停下来，喘着气，双眼寻找着目标，这代表他的故事还要讲上一阵子。他寻找的不是认同，而是他的宝座，因为阿德吉如·卡皮塔莫鲁要开始统治世界了。他不是在讲述回忆，而是正在进行打猎。在那个空间，那精确的一刻，在听众们惊讶的眼神中，阿公为猎物设下了陷阱。所有人都不敢出声，不是怕吓走猎人的回忆，而是怕吓跑了他即将捕获的动物。

“再讲一个故事吧，阿德吉如。就讲你那次……”

阿公抬手拒绝了邀请。在猎人的故事里，不存在“从前有一次”。因为故事诞生在他开口讲述的那一刻。讲故事就是在光亮中投下阴影。出口的话所揭露的内容在同一时间被沉默消耗。只有全心全意祈祷的人才能知晓语言在深渊中何时燃烧、何时跌倒。

有一天晚上，故事已经讲了很久，酒也喝过了几巡。热尼托·贝伯打断阿德吉如的讲述，结结巴巴地说：

“我说阿德吉如，你也太会撒谎了！”

这话像一块石头投进无水的池子里。阿公惊讶的表情就像被揭开的伤疤。他指着热尼托说：

“热尼托啊，叉子还没从嘴里拿出来，你就开始嚼了！”

阿公离开“席塔拉”，融入夜色。只有我陪在他身边，在黑暗中等他开口。最终，在沉默许久并多次叹息之后，他悲伤地说：

“为什么？为什么热尼托这样对我？”

“阿爸他喝醉了。”

“忘恩负义，他们都是不知感恩的人。我的故事是我送给他们的礼物，他们却认为那是谎言。”

他眼神茫然，千思万绪涌上心间。愤怒渐渐缓和。

“你知道吗，马里阿玛，最令我伤心的是，热尼托虽然醉了，但他说得没错。那些闪闪发光的故事都是无稽之谈。”

他承认自己并不信任猎人，倒不是因为猎人说谎。狩猎就如同跳舞，身体会在过程中脱离现实。这是阿德吉如对狩猎的理解。

他解释说，猎人的经历由失败和遗忘组成。所有去打猎的人，即便枪法再好，也有失手的时候。每一次胜利的背后都有一千次失败。因此，猎人编造英勇事迹，虽然他自己也不信，但比起凶猛的野兽，他更害怕自身的软弱。

“我宁愿撒谎。因为我什么也不是，什么都没做过。”

“别这么说，阿公，您打过那么多次猎。”

“孩子，你知道吗，在打猎过程中，动物可比猎人更忙活。”

他并不是在抱怨。说到底，阿公只是希望能够没有任何义务。他常说幸福就是什么也不做，完全交由上帝来安排。他不再说话，两手紧张地在膝盖上画圈。突然，阿德吉如站起来，表情坚毅，像是拥有了新的灵魂。他迈着坚定的步伐回到屋内，在一把椅子上坐下，挺起胸膛面对众人。

“你们还想听故事吗？我再讲一个，讲你们的故事。”

“好吧，赶紧开始吧。”一些人抱怨道。

“你们已经忘了我们的祖先曾是奴隶吗？”阿德吉如说。

“糟糕了。”其他人说。

“忘了他们被带到海的另一边，再也没回来吗？还是忘了我父亲莫阿里米·卡皮塔莫鲁？他被带到圣多美[1]，记得吗？”

“我们该走了。”众人一齐说。他们向我走来，对我说：“和我们一起走吧，这故事会很长。”

他们一个个离开了，最后只剩我虔诚地盯着阿公坐的那把摇摇晃晃的椅子，听他神情激昂地讲话。我敢用基本听不见的声音叫他回归现实世界。但在那一刻，我之于他是隐形的。阿公如同被一位激愤的先知附体：

“奴隶们没能给我们留下回忆，知道为什么吗？因为他们没有墓碑。总有一天，库鲁马尼的所有人都不再有墓碑。以后甚至没人记得曾经有人生活在这片土地上……”

“阿公，咱们回家吧。”

“如今已不需要别人用船把我们运走，这里就是圣多美，库鲁马尼变成了圣多美。奴隶和奴隶主，穷人和穷人的主人，同住于此地。”

1　非洲国家圣多美和普林西比的首都，原为葡萄牙殖民地，于1975年独立，成立民主共和国。官方语言为葡萄牙语。

那一刻，在空荡的房间里，我眼中的阿公仿佛变成一个比我更加孤独、无助的小男孩。

我靠近他的舞台——那张椅子，伸手去摸他的手。

“走吧，阿公。咱们回家。”

我俩手挽着手，沿着河边小路往回走。

未完的长信

男人看见露水，女人看见雨。

——库鲁马尼谚语

到达当晚，我们被安置在政府办事处。他们建议我们不要去触碰任何文件，可以在闲置的旧沙发上休息。于是我们就利用了桌子和沙发。

区长毫不吝啬地表现出善解人意，笑着向我们道别。他站在门口说：

“明天会有个村里的女人过来帮你们打扫、做饭。”

“原本是让丹迪过来，她是我们家的女佣。”第一夫人补充道，“可是后来出事了，她被……”

“她现在不太方便。”弗洛林度立刻打断她的话。

“不太方便？这是什么说法？我的丈夫，不太方便？”

马克瓦拉温柔而坚定地推着妻子走到院子里。两人在外面继续争论。他们像是走远了，声音逐渐变小。然而，娜夫塔琳达焦急的脚步声证明她又回来了，她还想再跟我们说句话：

“我想让你们知道，‘不太方便’指的是她被袭击了，差点死掉。这次可不是狮子干的。在库鲁马尼，最大的威胁并不是灌木丛里的野兽。你们可要小心，朋友们，要非常小心。”

女人转身离开。门的宽度足以让她庞大的身躯通过，这简直是奇迹。我用手抚过办公桌，露出微笑：在时间的尘埃与无聊的文件之间，我要书写日记。这些记录便是我给卢西丽娅的一封未完结的长信。

我以毫无必要的急切语气叫醒作家。他才睡了一会儿，得花点时间清醒。

“我需要你帮个忙。开车跟着我，帮我把路照亮。”

“发生了什么事？”

“那些狡猾的家伙在路上放了捕兽夹。”

“那又怎么样？”

“我是猎人，我才不用捕兽夹。”

我走在前面，睡眼蒙眬的作家开车慢慢跟在后面。回收的捕兽夹堆在车后座上。再往前走，我注意到一个由树干围成的建筑，有一人多高，顶部铺着茅草。

“像是个小房子。”作家说。

“是乌台古，一种捕狮子的陷阱。”

我把绳子绑在乌台古上，另一头系在车上，然后命令古斯塔夫全速前进，拉倒那些木头。

“走，走，踩满油！”

引擎动力和急躁的喊声将我带回到童年。有一次，父亲决定带我一起到野外打猎。母亲极力反对，不止因为打猎本身很危险，当时正值战争期间。他们两人一大早就在家门口争吵，母亲的喊声引起了邻居们的注意。老巴雷洛决定为争执画上句号，他把我推进吉普车，关上车门。车像发疯似的快速向后倒，我的脑袋因此撞到前挡风玻璃。玻璃碎了，血沿着脸颊滑落。我记得母亲把我抱起来的时候默默地流泪，她把我放到床上。血染红了她的双臂。母亲以严肃的口吻宣布：

“听好了，我的丈夫，这孩子永远不会成为猎人。”

收完了捕兽夹，我回到住处，在汽油灯的光亮中打开笔记本，草草记录下这一天。

“你是左撇子？”作家走过来问。

“对，但我用右手开枪。”

我突然来了灵感，向他解释说左手是用来抱孩子的，不能杀生。

“真奇怪，”古斯塔夫说，“在大部分文化里，左手都被视为不洁之物。你是从哪个部落学到这种说法的？”

“我家，巴雷洛的部落，如今这部落就剩我一个人了。”

“能告诉我你在写什么吗？如果那不是个秘密。”

“写故事。”

“什么故事？”

“这次打猎的故事。我要出本书。”

古斯塔夫没有隐藏他紧张的微笑。我这主意在他胃上打了一拳。他向我抛出一连串问题，问我是否真要出书、找哪个出版社、写成小说还是纪实文学？我没由着他继续问下去，反而向他请教，算是缓和一下气氛：

“我感觉自己写不成这本书。”

“为什么写不成？”

“写作可不像打猎。需要更多更多的勇气。像这样敞开心扉，暴露自己，又没有武器，毫无防备地……”

古斯塔夫明白这话里的讽刺。于是，他尝试在我的领域里向我发起攻击。

“我已经跟你说过我讨厌狩猎行为。”

“那你为什么还在这里？”

“这次狩猎是为了救人，没有选择余地。”

“知道我怎么看吗？是恐惧。”

“什么意思？”

“你害怕了。”

“我？”

“你害怕你自己。害怕你心里已经死去的动物会将你俘获。”

古斯塔夫转过身去，我没有停止。不管他在现代化的都市生活了多久，身上依旧保留着原始野性。他的灵魂有一部分是野蛮的，挤满了无法驯服的兽。

“和我一起到野外看看，你就会发现，你其实是个野蛮人，亲爱的作家。”

“你怎么称呼我都可以，但我并不认为开枪射杀无防备的动物是英雄行为。如此不公平的对决没有丝毫荣耀可言。”

我沉默着从包里掏出一只狮爪和一颗狮子的牙齿，放在桌上。

“你觉得这些是什么？”

“是狮子的一部分。”

“部分？这就是武器。是狮子的枪。你看，它可比我带的武器多。所以究竟谁是狩猎的一方，我还是它？”

“咱们这次谈话不会有任何结论。”

“就让我说一句，作为记者，你这头可没开好。”

“为什么？”

“你没理解我为什么要毁掉捕兽陷阱。”

“你做得更不好，都不跟他们说一声就毁掉陷阱，那可是人家费工夫做出来的。”

“知道吗，作家，如果我这次不是来捕狮子，而是捉吸血鬼就更好了。吸血鬼题材卖得好啊，能保证你出本畅销书。”

我吹灭蜡烛，黑暗侵占了房间。外面的满月唤醒了我体内猫科动物般的警觉。闭上双眼，我又想起卢西丽娅。然而，另一个幻影取代了她，那是一个漂亮的黑人女孩，是本地人，正站在河边笑。她在我的记忆中没有面孔，可能是村子里任何一个女人。今晚，我与库鲁马尼的所有女人一同入睡。

听到狮吼的时候，我还没睡着。整个世界停止了运转。狮子咆哮后便无安宁可言。

“你听见了吗？”作家慌张地问。

“是一头母狮子。还在远处。”

吼声逐渐减弱。黑暗闭上了嘴。我最终又回到与夜晚的斗争之中。

一大清早，一个名叫阿妮法·阿苏拉的女人来到这里。她扫地、擦桌子、烧水，整个过程一言不发，像影子一样隐秘。直到要离开之前，她才开口对我说话，眼睛始终盯着地板：

“你记得我吗？”她问。

我没有印象，只能解释说自己才刚到不久。距离上次来捉鳄鱼已经过去太长时间，而且那次也只待了几天，之后就再也没回来过。我想对可能造成的冒犯表示歉意，她却好像因我的失忆而松了口气。

“说句实话，先生，您来库鲁马尼只为打猎？还是来找人的？”

“什么人？我谁都不认识啊。”

“那就好。这里也没有人。”

她没再继续说下去，之后的几天也没再跟我说过话。女人在屋里忙活，没有身体，没有声音，也没有存在感。作家认为这女人可以成为他与村民们间的桥梁。而且她还是最新一位受害者的母亲。因此，古斯塔夫就像影子一样跟在女用人后面。当作家询问有关她女儿死亡的情况时，阿妮法正往罐子里装水。

“那天夜里发生了什么？那么晚了，她怎么会在家外面？”

“狮子在里面。”

“狮子在家里？”

“在里面。”她叹息着重复，声音小到几乎听不见。

女人指了指胸口，进一步解释什么是“里面”。然后她拒绝了帮助，举起水罐，放到头顶上。

“我得回家了，我还要做饭，准备你们的接风宴。”

女人笔直地站起来，头上的水罐宛如她身体的一部分，仿佛是水在搬运她。

区长上午来了一趟，带来一位追迹人。他名叫热尼托·贝伯，是阿妮法的丈夫，就是那个给我们打扫房间的女人。弗洛林度介绍完，语气不太自然地说道：

“死了的姑娘……就是他的女儿……”

我在桌上铺开一张地图，请男人帮忙指出狮子攻击人的地点。

“我只会读大地，地图是一种我不会的语言。”

追迹人如是回答。他态度粗鲁，近乎无礼。我认识这种人。他们不擅于人际交往，却精于狩猎之术。然而，我总觉得热尼托身上正滋长着一种不满情绪，一种伤痛，针对我。

“我能配枪吗？”

“不能。”我同样言简意赅地回答。区长试图用他那过于热情的声音打破尴尬的气氛：

“对于狮子袭击，我们这位猎人有他自己的想法。给热尼托同志讲一讲，他需要知道……”

在我看来显而易见：农民们把小型动物都解决了，那可是大型食肉动物的饲料，饲料没有了，绝望的动物们就来袭击村民。对于狮子来说，人类是非常容易捕获的猎物。食物链断裂——我略显傲慢地用了这样一个词——是狮子反常地袭击村民的原因。

“猪。”追迹人突然出声。

起初我以为他是在辱骂我们。

“都是那些猪的错！”他重复道。

作家抬头表示没听明白，但很快就放弃了，从我们到了库鲁马尼之后，“不明白”成了他做得最成功的一件事。热尼托接着说道：

“是那些猪让狮子知道了通向村子的路。”

野猪总会光顾村里人家的院子，它们被住户的日常生活所吸引。狮子循着野猪留下的脚印，到达从未敢涉足的空间。

晚些时候，我收拾东西，惊讶地发现作家正在偷看我的日记。我没有发火，反而感到一种意料之外的骄傲。我放任他的手指快速翻过小本上的一页又一页。这位艺术家终于在我的艺术创作中看到了价值？

我不知道——永远也不会知道——古斯塔夫对他所读到的文字做何感想。我只知道，有那么一刻，他双手颤抖，眼里燃起了光。

古斯塔夫抚着纸张微微颤抖的手将我带回童年。重现于眼前的是那一天，罗兰度被迫确认母亲所写的那些信的内容。父亲双臂交叉放在胸前，等待着进行最终审判。其实我也好奇：马尔缇娜每次都原原本本写下了父亲所说的话吗？

那一次，父亲说到一半停下来，沉默了一会儿。

“然后呢？”妻子问道，看他正聚精会神地想着什么。

“我不相信你是完全按我说的写的。”他果断地冲到妻子身边。

恩里克·巴雷洛粗鲁地从妻子手中抢过那封信，拿到眼前翻来覆去地看，就像要把纸看穿一样。这证实了我很早以前的一个怀疑：父亲不识字。

“罗兰度，孩子，你过来。”

哥哥站起来，全身都在抖。我们的老爹把信递过去，眼睛盯着他的长子。

受到惊吓的罗兰度双眼失焦，那些文字在他颤抖的手中舞蹈，他的声音仿佛被困在一团毛线球里，没有线头，无法解开。

“念出来！”

“念哪里，爸爸？”

“念，念哪块都可以。”

母亲的眼神在祈祷。罗兰度惊恐地看着我。然后，他深吸一口气，声音在房间里回荡，我已经认不出他是谁：

“我亲爱的恩里克，我亲爱的丈夫……”

“继续。”

“我生命中唯一的爱。”

我盯着母亲的脸，看到了悲伤，全人类的悲伤。

不久后，欢迎大会在村里举行。作家想借此机会就狮子伤人一事采访几位目击者，收集证言。我与他一同走在库鲁马尼的条条小路之间。我走在他前面，迈着军步，肩上扛着枪。作家又一次问我大白天去村里为什么要带枪。

“动物们对于什么是白天、什么是黑夜，哪里是野外、哪里是村庄，有着另一种理解。”

我能看到村民生活的区域，茅草房延伸到河的另一边，伏在对岸的山坡上。村子人口比我上次来时有所增加，新来的都是战争中流离失所的难民，他们安顿在里德娅河岸边。

来往的村民向我们打招呼，在狭窄的小路上让我们先通过，有些人似乎记起了我。我亲切地回应：

“乌木米？”

“尼木米。”他们高兴地回答，惊讶于我竟然会用当地土语问好。

村民们笑了，但笑容很快消失在不解的眼神中。这些人由同样脆弱的命运维系在一起：困居于此地，等待着最后一击。千百年来，他们一直存活在世界边缘。因此，当突然有外来人对其苦难生活感兴趣的时候，他们感到很疑惑。这解释了为什么在古斯塔夫表明采访意图后，一位村民不解地问：

“你们想知道这里的人是怎么死的？可从来没有人问过我们是怎么活的。”

路上遇到的野狗就像漫无目的游走的影子。这些狗虽然一开始表现得并不亲近，却会屈服于最小限度的温柔，蹭着我们的手，仿佛怀念作为人的感觉。作家想跟它们玩一会儿。村民们用奇怪的眼神看着他：别对狗那么温柔，更不要对它们说话。这些动物不听人话，也不吃人给的剩饭，只吃自己捕来的猎物，为的就是不去学习什么是亲切。

芒果树下聚集了上百个好奇的人。这荒凉的地界能在转瞬间聚集起如此多的人真是不可思议，仿佛是从沙子里钻出来的。众人直白的眼神说明这将是一场交易。作家成了秃鹫般凶猛的鸟，想从村民口中获取他们对战争的回忆。村民也想讨点儿好处，用他们的话叫“馈赠”。怎么还有人对我的狩猎活动指手画脚？我看上去像是个实习猎人吗？作家是来食腐肉的，没错，他此行的目的就是啃食这些人的不幸。但对于活下来的人而言，沉默才是他们的哀悼。

作家到处打听村民们关于内战的记忆，撕开过去的伤口。

“你们对战争印象最深的是什么？”

“没什么印象，先生。”一位农民说。

“怎么会没有？”

“我们从战场上回来的时候就已经死了。”

我扭过头，不想让作家看到我带着报复意味的笑容。不存在语言可以讲述的战争。有血的地方，就不会有语言。作家这是在请求死人们揭开伤疤给他看。

那一刻，我意识到打猎能带给我的乐趣，那就是，退到生活之外，免于为人。

那位曾跟着我们的盲人也在受访者之列。他依旧赤着脚，身上披着迷彩军服，靠着前面人的肩膀，向我们行了标准的军礼。

“您曾在哪个部队服役啊？”作家问。

“所有部队。”对方回答，他指着我的方向，继续说，“我记得那位先生的声音。”

“不可能吧，我的声音？”

“对不起，我并不想冒犯您，只想问问：为什么要找猎人来？应该找我，我是军人。”

“我不明白。”作家说，“这和是不是军人有什么关系？”

“你不明白吗？先生，这可不是一次狩猎，这是战争。”

战争可以解释库鲁马尼的悲剧。狮子并非从野外而来，它们诞生于最后一次武装冲突。战争导致的纷乱在这里重演：人变成了动物，动物变成了人。在战役中，阵亡者的尸体被抛于野外，狮子会把他们吃掉，就是从那一刻起，动物们打破了禁忌，开始把人看作是猎物。盲人最终开始总结他漫长的讲话：

“我们这些人类已不再是这里的主人。现在，狮子统治着我们的恐惧。”

他口若悬河，不间断地说：

“殖民地时期也发生过同样的事。狮子让我想起了葡萄牙军队的士兵。那些葡萄牙人在我们的想象中变得越来越强大，其实他们的力量并不足以取胜。因此，他们想办法使我们自相残杀。而我们这些黑人，学会了仇恨自己人。”

老人仿佛是在演讲，语气十分笃定，在那一刻，他就是战士。一张幻想的铁丝网捆绑住了他的心。

作家明白，真正的采访要等到接风宴，在“席塔拉”进行，位于村里广场附近。男人们经常聚在那里。女人们则被排斥在外，甚至不敢接近那片开阔的空间。弗洛林度・马克瓦拉更愿意选一个比较现代、不那么传统的地方，但作家坚持。他将坐在旁听席上，听取有关狮子袭击人类的各种版本的证言。

我们到达“席塔拉”的时候，区长还没到。他遵循着以权势排位的社会准则：他就应该让别人等待。村里的长者们起身表示欢迎。他们在问候我时，用左手托着右手肘。这是表达敬意的手势，说明我的手臂“有分量”。

最终，弗洛林度出现了，由保镖陪同，还带了一个秘书，秘书手中拿着一个文件夹。一位上了年纪的村民站起来，带着敬意迎接区长，他说：

“您从没来过‘席塔拉’。欢迎来到村子的肚脐，请坐。不过有一点您得知道，在这里我们先发言……”

“很好，”区长说，“我最后做总结。”

老人等弗洛林度坐好，马上转身朝向我们，双手叉在腰上：

“你们为什么来我们村？”

“没人告诉你们吗？”作家很诧异。

“我们只想知道你们为什么选择了这里。”

“这有什么问题？”

“其他村子都没有人去探访，那些村民会抱怨的，我们会遭嫉妒。我们都已经是死人了，现在又要因为你们的到来再多死一点儿。”

“我们不可能顾得上所有人。”我站在古斯塔夫·贺加罗这边争辩道，“这算怎么回事？村子里可正在死人啊，每周都有一个新的受害者。”

“时间不会跑。时间的腿长在我们身上。现在会有更多的人死去。你们来库鲁马尼，会招来更多吃人的狮子。”

“如果你们不希望我在这儿，我马上走。”我从椅子上站起来，“今天我就回城里。”

区长苦恼地举手示意大家都坐下。接着，他用西玛孔德语对众人说了几句，想解释清楚一些误会，大家都不吭声。激动的老人最后笑了，他用葡萄牙语对我们说：

“行了，咱们先吃饭吧。吃完饭再聊。填饱了肚子才能聊得更好。”

村民为我们准备了煮熟的玉米面，在这里叫“西玛”。房间中央的一口大锅里有山羊肉。头、蹄子、肉、角都在锅里。我一直在吃玉米面，浇上一种酱汁，我可不想知道它是由什么做成的。

“别客气，”马克瓦拉鼓励我们，“这羊可算是你们献给大家的。”

他们还以两种酒来招待我们，里帕和乌格瓦瓦，对此我没有不领情地拒绝，但也只是沾了一下嘴唇而已。在开饭之前，一盆用来洗手的温水在众人之间传递。没有擦手布，我就由着水顺着手往下流。席间无人说话，只能听见用力嚼肉的声音。肉都吃完、骨头被重新丢回锅内之后，开始有人交谈。老人说得对，吃过饭后气氛缓和了，有笑声，也有玩笑话。他们问我和古斯塔夫是否有老婆。我俩否定的回答使村里人面面相觑：

“你们都还没结婚？”

他们突然起了疑心：这么有男人味却都还是单身？肯定是巫师，只有巫师才单身。

“抱歉，我得问一下，两位先生信仰上帝吗？”

老人再次开口，针对我们拒绝吃大锅里的羊肉发表了看法。这世上有谁会拒绝这样的邀请呢？

“白人每天都吃肉，这种无节制会导致世界终结。”

“问题不在于他们吃什么，”另一位村民更正，“在于怎么吃。”

“什么意思？”古斯塔夫问。

“你们总是一个人吃饭。巫师才这样做。”

男人捏起一团西玛，慢慢摊平在炖菜上，菜汤在入口之前滴了下来。

“独自吃饭的人都有所隐瞒。有一点可以肯定，猎人先生，并非我们的接待方式错了，是你们来得不对。”

“忘了这一切吧。”作家以和解的语气强调，“我想知道的是：目前出现的狮子，都是真正的狮子吗？”

“什么叫真正的？”在座众人异口同声。

他们解释说狮子有三种：有野外的狮子，即“奴米·瓦·库瓦皮拉”；有人造狮子，即“奴米·库·兰比炎加”；还有狮人，即“万图米瓦瓦奴。”

“所有这些都是真正的狮子。”他们一致总结道。

令人意想不到的是，一个女人的声音突然响起，这有悖传统。

“狩猎的对象不该是狮子。库鲁马尼的敌人就在这里，在这次集会中。”

所有人都因为这句话而警觉起来。男人们惊讶地面对着不速之客——娜夫塔琳达，区长的妻子。她犯了最古老的忌讳：女人不能进入“席塔拉”，更无权对如此重要的事务发表意见。区长努力挽回局面：

“亲爱的第一夫人，请理解，这是一次非公开会晤……”

“非公开？我没看出这里有什么是不能公开的。你们不用那样看着我，我可不害怕。我就和那些袭击人的狮子一样，已经丢掉了对人的恐惧。”

“娜夫塔琳达，求你了，我们在这里聚会遵循了古老的传统。”马克瓦拉哀求道。

“有一个女人在村子里遭遇暴力袭击，差点丢了性命。这可不是狮子干的。对我来说，已经没有什么地方不能进出。”

她骄傲地从几位长者身边走过，对着区长轻蔑地一笑，最终停在我面前：

“你又回来了，阿尔坎如·巴雷洛。这次你可要猎捕伤害女人的施暴者。”

“夫人，在这里说话得先获得准许。”弗洛林度提出警告。

“嘴是我自己的，用不着别人允许。我跟你说话呢，阿尔坎如·巴雷洛。把你的枪从狮子身上转向另一个目标吧。”

“这是什么意思，夫人？”

“你们假装担心狮子会来夺走我们的命。作为一个女人，我倒要问一句：我们女人哪里还有命可被夺去？”

“娜夫塔琳达，看在上帝的分上，你说的那件事另有时间解决。”

“你知道他们为什么不让女人发言吗？因为女人都是活死人。政府官员和富豪新贵派她们去看管菜园。”

“马里凯托，请把第一夫人带走。她妨碍了我们的会议。”

“富裕一小撮人。活死人们黑天白夜地干活儿就为了那一小撮人能富起来。”

人群开始喧闹，突然没有人再说葡萄牙语。愤怒发生在另一个世界，在那里，活人和死人之间缺少能帮他们相互理解的翻译。

马 里 阿 玛 的 记 述 4

干涸之路

不能说出口的话最终变成有毒的唾液。

——非洲谚语

今天，母亲告诉我她正在区长那里做女佣，就在阿尔坎如·巴雷洛的住处。她每天都能遇见我的猎人。也许母亲这样做是为了羞辱我。我什么都没问，她继续说：

“这个阿尔坎如是带病来的，猎人病已经侵入了他的身体。”

她想伤害我，所以我假装不感兴趣、不想知道。我的活动范围不是这个村子，甚至不是这栋房子，而是院子里孤独的一角。

我盯着自己的双腿，想着它们如今变得可有可无，几乎怀念起以前瘫痪的日子。那时，双腿仿佛与身体其他部分讲着不同的语言。我很焦急：身体听不懂这种语言，我只能在梦中诉说。

“腿诞生于头，身体所有部分都从头部开始，就像河流来自天空。”阿公阿德吉如曾这样说。直到今天，我仍然觉得这话很有道理。当我的头脑醒来时，双腿沉睡了。在十二岁那年的某一天，我突然像空袋子一样掉落在床脚。亲戚们聚集起来，阿德吉如拉着我父亲的衣服问他：

“是你做的吗，热尼托？”

听着他的话，我想回答，想说这并不是谁的错，也没什么好解释的，我只是在夜里做了噩梦，因为害怕而忘记了梦中看到的画面。他们扶我坐起来，一松手我就会倒下，身体里没有了支撑。

“现在是战争时期，她这样就成了累赘。”我父亲惋惜地说。

“从什么时候起女儿变成了一种负担？”阿德吉如问。

人在童年时，身体只有一项任务，那就是玩耍，但在库鲁马尼可不是这样。男孩子们想要逃走，祈祷能在战火中跑得比子弹快。那个时代，武器如同扫把一样清扫村民。傍晚时分，我们总是做着同一件事：打包家当，所有人都藏到树林里去。对于我来说，这就像是一个游戏，所有的孩子都在玩。在火药与鲜血的世界里，我们发明了沉默的游戏。通过傍晚的“捉迷藏”，我学会了在心里默默地笑，学会了不出声地叫喊，做无梦之梦。直到那一天，双腿不听使唤了，我倒在床脚。

瘫痪以后，阿公每天傍晚把我抱到树林里藏起来。通常，其他人都撤离了，屋里只剩下我和摊在地上的一些不值钱的物件。我在房间的孤寂中等待阿公救援的双臂，这时我会更加确信一件事：我就是一个物件，会和其他东西一样湮没在库鲁马尼的尘埃之中。

我，马里阿玛，犯了两重罪：一是生于此地，二是生而为人。在库鲁马尼，一个无法生育的女人还不如一件东西。她不存在。人们说我之所以如此，都是母亲的错。阿妮法·阿苏拉被诅咒了。由于教会的神父施压，她的家人不允许她接受古老传统中的初始仪式。我母亲是个“娜马库”，是没有变成女人的女孩。她曾在教堂接受洗礼，却没参加“因古玛”，那是准许我们增长年龄的传统仪式。阿妮法因此被判永世为儿童。

父亲是对的，我腿脚不灵便之后，确实成了累赘。然而，他没有意识到，我身上发生着比瘫痪更严重的事。之前时常袭来的饥饿感缓和了，但却发生了其他异常，经常在傍晚发作，就在我们去树林之前。只有西林西娅知道是怎么回事。据她说，我变得完全不像我，在地上爬，敏捷如四足动物，用指甲挠墙，眼睛不停地转。饥饿和干渴使我愤怒地咆哮。为平息我的怒气，西林西娅把装有食物的盘子和装着水的碗放在地上。

阿姐退到角落里，吓得直哭，她祈祷再也不要看到我舔水喝，再也不要看到我啃着盘子里的食物。

“中了巫术，这只能是巫术。”她喘着气说。

绝望之中，阿姐在院里埋下一个由阿公秘密刻制的雕像。她这样做是由于这里的古老传说，关于女性从何而来：据说世上第一个男人把一尊木雕埋到草原的土中，木雕转化为第一个女人。这一奇迹发生于世界初始之时。西林西娅每晚不停地祈祷，希望埋在我们院子里的雕像也能活起来。

雕像从未曾拥有灵魂，但每当我感觉快要发作的时候，阿姐都会跑着拿来一个小木人。我轻轻摇着小木人，像母亲对待女儿，母性的平和在我心中滋长。随后，我用牙叼着它，像猫一样转移它的位置，木娃娃成了我幻想中的女儿。

腿虽然不能走路了，但我从未因此困在家中。每天早晨都有其他孩子们的声音在院子里响起：

“上来，马里阿玛，爬到我们身上！”

男孩子们轮流背着我快乐地小跑，带我到离家很远的地方。我就这样在别人背上玩遍了所有游戏。如今我可以说：我的童年是靠其他孩子来实现的。在他人的双臂之中，或是趴在不知谁的背后。我从未在意自己的胸部平贴在男孩子们汗湿的背上。

“这样下去你的胸永远也长不大。”阿姐提醒我。

在库鲁马尼，女人的胸是一种标志，母亲可以根据胸的大小来确定女儿何时需要进行初始仪式。在我看来，趴在男孩背上只是单纯的游戏，在其他人眼里却是一种冒犯。女人们看见我趴在男孩背上，便不安地背过脸去。被称作“姆瓦娜”的教母们正是用这样的姿势将女孩送去进行初始仪式的。所以，那些女人无法原谅我：我扰乱了那本该神圣、庄严的一刻。作为同化者的女儿及外甥女，这个遵循古老传统的世界里并没有我的容身之所。我的罪在那个危机年代更显恶劣。越是被战争夺走理性，人们就越需要从过去的规则与服从之中汲取安全感。

有一天，男孩们从帕尔玛镇弄来一口废弃的棺材。晚上，他们把棺材带过来，对我说：

“这就是你的手推车。”

从那天起，他们便把我放进棺材里，拉到各处转悠。我坐在棺材里，看到别人经过时都会停下来致意。从来没有人尊重过我。众人一致的敬意令我震撼，于是我宣布：

“阿妈，我想永远活在棺材里。”

然而，这份敬意使我没能意识到一个伤感且无妄的现实：我只能通过不存在来让别人注意到我的存在。我本该怀念之前玩耍的地方：男孩们的后背。但事实并非如此。坐在临时宝座中，我心里满是女王般的骄傲：

“现在我的胸可要长大了！”

“别希望它们长大，妹妹，别希望成为女人。”西林西娅告诫我。

一天早上，棺材破了。打破它的是阿公阿德吉如·卡皮塔莫鲁。出乎意料地，我们中最年长的人走到院子里，把棺材敲成碎片。我还听到他冲我父母吼起来：

“你们怎么能放任这样的玩笑？看在上帝的分上，她是个孩子……”

我对着碎片哭了，愤怒地在地上挖坑。西林西娅以为我在找她埋在院子里的雕像。然而这坑另有用途：

“我要埋了我的棺材。”

不久后便是那令人难以忘怀的清晨，阿公带着衣着整齐的我离开了。他没说要做什么，只说了句谜一样的话：“你会获得上帝赐予的水。”

我已经习惯了阿公的古怪言行。他在我还未出生时就给我取好了名字：马里阿玛。

“我不止给了你一个名字，”他说，“我给了你一条航行在海洋与爱之间的船[1]。”

这是他在第二次命名礼上说的话。他还说我并不需要通过什么仪式来成为女人，我已经是我将会成为的那种女人。

阿德吉如带我离开的那个早晨预示着新的开端。我很快就做好了出门的准备：用木梳子拢齐不听话的头发，双脚感受着与鞋子接触带来的挤压感。

“穿好鞋了吗？”阿公问。

“为什么要穿鞋？”鞋对于我来说早就变成了装饰。

“阿爸阿妈知道咱们要去哪里吗？”

“别害怕，我是你最年长的阿公。”

他一边帮我整理头发一边说：

“接受祝福吧，孩子。你将收获奇迹。”

“什么奇迹，阿公？”

“你能重新开始走路。”

是病也好，诅咒也罢，阿公无法忍受继续看我像动物一样活着。他深深吸了口气，说道：

“有句谚语说：如果你能说话，你就能唱歌；如果你能走路，

1 Mariamar这个名字可拆成mar-i-amar。其中mar意为海洋，i与葡语中代表“和、与”的单词e同音，amar意为爱。

你就能跳舞。孩子，你将会唱歌，也将会跳舞。”

我盯着阿公的双臂，就好像那是我身体的延伸。那确实是。我是如何砍断这第二根脐带的？不再理会头脑中的想法，我在手推车里坐起身来。阿德吉如·卡皮塔莫鲁骄傲地穿过村子，就好像广场是由他建造的。

我们在教堂门口等待曼努埃尔·阿莫鲁索神父。这位葡萄牙传教士是我们认识的唯一一个白人。他的与众不同之处并不在于肤色、语言或是衣着，而是他身边并没有妻子，也没有子嗣追随他的脚步。

“阿德吉如·卡皮塔莫鲁！”神父喊道。每一个音节都飘在空中，犹如一首欢快的乐曲。

“是我，神父。”

那是我第一次从阿公的声音里听出脆弱，他在寻求某种支撑。我在逆光中看他，仿佛确认着他的身高，视线随即落到矗立在他身后的教堂的尖顶，那么庄严、肃穆，我不由得深吸一口气，那便是径直通往苍穹的路啊。于是在我看来，想要接近上帝，必须努力往上爬。教堂对人们的邀请并不是让人“进入”，而是“攀爬”。

我的眼睛花了点儿时间去适应教堂内部的照明，然后我就投降了：从没见过这么多墙。一个十字架挂在中间，和阿莫鲁索神父胸前的一样，只是放大了很多。在这木制十字架上，靠着我这辈子见过的第二个白人：他留着胡子，半裸，浑身是伤。

“在基督面前跪下。”神父命令道。

“她跪不了，神父。你忘了我为什么带她来修道院吗？”

“咱们来帮她，她必须得跪。”

他们架着我的胳膊，把我拉起来之后放到地上。我像湿布一样瘫在石头地板上，从这个角度看着阿莫鲁索和基督。两个白人看上去很相似：悲伤隐忍，面容憔悴，仿佛他们的生活正发生在无法触及的别处。基督展示着他的伤痕，阿莫鲁索神父的眼神中流露着鳏夫般的寂寞。我被他们召唤，进入到一个由苦难者组成的大家庭，这家里的人只在苦难中才能感到自己靠近上帝。

“你已经为我的女孩做好了决定？”神父问道。

表示所有权的人称代词惹恼了阿公。我的女孩？

“这是我的女孩，永远是我的，我把她留在这里一段时间，直到她的腿能再次走路。”阿公站在教堂门口生气地说，“我会亲自来接她，把她从你身边带走，带她回家。”他郑重承诺。

葡萄牙神父好像没在听对方说什么，只是出神地望着教堂顶部，像在看更远的地方。他一动不动，没注意到阿德吉如已经离开了。神父很满意，在这个由穆斯林教义主导的地区，一个基督教的奇迹能招来更多信徒。他笑着对我说：

“你的阿公，他死后会直接上天堂。”

“我阿公永远不会死！”

阿德吉如・卡皮塔莫鲁就像一棵树：他立足于大地，却属于天空。

我在修道院住了两年，阿公的每一次探访对我来说都像是灿烂的阳光。有些时候，他只是沉默地凝视着远方的地平线。还有些时候，他想知道上帝有没有注意到我。

“你的字写得怎么样了？”他问。

“我一直写着呢，阿公。你想读吗？”

“不，孩子，如果我开始阅读，你知道会发生什么吗？我就看不见世界了。你给我讲埃及女王的故事吧。”

那是他最喜欢的故事。我已经背下来了。阿公闭上眼睛听我用始终如一的平和语调慢慢讲述：

古埃及的太阳神拉疲于惩治犯罪的人类，于是创造出女神塞赫麦特，让她去惩罚犯错的人。女神太过积极，对无辜之人也进行惩处。拉的追随者们绝望地向拉求助，但是太阳神帮不了他们。于是，埃及人发明了一种血色的饮料，成功灌醉了女神。塞赫麦特陷入沉睡，最终被太阳神收回。

故事讲完了，阿公依旧闭着双眼。然后，他亲了亲我的手，对我说：“我的‘孙女’，你就是我的女神。”

阿德吉如经常来修道院，这让我感到心安，然而，他的到来也使得别人的缺席更加明显。有一次，我鼓起勇气问他：

“阿公，你告诉我，阿爸阿妈是不是为我伤心了？”

“现在正在打仗，所以他们才没来看你。所有人都走了，只剩下我和一些无关紧要的人。”

“你不怕死吗？”

“我太瘦了，没有子弹能打着我。”

外面战火纷飞，阿莫鲁索神父被请去主持葬礼的次数越来越多，去的地方也越来越远。库鲁马尼的居民，包括我父母在内，已于几个月前转移到帕尔玛镇。阿德吉如和他的五个兄弟留了下来，认为没人会费心去杀几个老头。其实，拯救五位老者的并不是年龄，他们打猎，把捕获的猎物上交给对战双方的军人，以此来保命。

“就是这样，马里阿玛，”阿公回想起过去，“在战争时期，穷人被杀戮。在和平年代，穷人默默死去。”

有一天，卡皮塔莫鲁一族把他们中最年长的一位带到教堂。他名叫文森特，身上受了伤，到教堂的时候已经神志不清，由其他人搀扶着，两条腿在地上拖着。文森特进入这一神圣空间，却什么也看不见，他的眼睛瞎了。然而，正是他为其他兄弟指的路。文森特对教堂非常熟悉，教堂就像是他自己的手掌。因为正是他修建了这些墙，如今这里成了他的避难所。

兄弟们支撑着文森特坐在木制长椅上。阿德吉如走到神父身边，半请求半威胁地说：

“这里是上帝的家，谁都不能死。阿莫鲁索神父，听明白了吗？”

“祈祷吧，咱们祈祷。”

几个兄弟大声喊出祷告词，从未有人面对圣坛以如此不合时宜的方式祈祷。喊声令人害怕，如果神灵没能创造出奇迹可就得小心了。

起初还能听到文森特的呓语，他的祷告与兄弟们正相反。老人不堪忍受痛苦，默默祈求造物主准许他离开人世。事实证明，上帝没有聆听喊声最大的人。文森特・卡皮塔莫鲁双手虔诚地交叉在一起，头一歪，默默咽下了最后一口气。

这件事对阿德吉如的信仰造成了强烈冲击。从那天起，他不再参加弥撒，只是坐在教堂外边，让其他兄弟从他身边经过，带着他的名字和灵魂进教堂祈祷。

“咱们长得很像，上帝不会注意到我不在。”

对此不满的阿莫鲁索神父思考着当时的形势。他对阿德吉如感到失望，但他无法与村中如此杰出的人对立，只希望时间能带来灵感。时间最终带来了和平，库鲁马尼逐渐恢复生气。

历史的伤口愈合，人们找回遗失的平静。传教士想借此契机让阿德吉如想起他的神圣义务，便约阿公在教堂见面。

“明天我会为你大哥文森特的灵魂做弥撒。”

“亲爱的神父，我无意冒犯，但我不会去的。”

“你为什么不来？”

“我要去参加‘马坦加’，那是我们纪念死人的传统仪式。”

“你怎么对上帝解释？”

“我只需要向我们的上帝农古解释。无意冒犯。”

多年来，阿公因接近修道院、改信天主教而被村里人指指点点，用库鲁马尼的话来说，他变成了“瓦米萨乌”。但阿公为自己辩解说：“别人有巴图克[1]，我有我的《圣经》。”起初，阿德吉如的转变是有目标的：他把鼓还到上帝的手上，让神圣的书翩翩起舞。所以他才会教我跳舞。如今，阿公没有了任何目标。

未得到神圣启示，阿莫鲁索神父诵读了一段《玫瑰经》[2]。他说上帝的手会给出不可视的指引。这手希望我们成为人生旅途的主人。但可以选择的各种路径就如同天上的星辰，等我们看到的时候，可能早就不在了。

“这些不过是说出口的话，阿莫鲁索先生，上帝是用哪只

---

1 巴图克，发源于几内亚和尼日利亚的宗教。也是一种非洲音乐形式。

2 《玫瑰经》（*Rosarium Virginis Mariae*），15 世纪由圣座正式颁布，是天主教徒用于敬礼圣母玛利亚的祷文。（编者注）

手指出战争的？”

“为什么称呼我为‘先生’而不再是‘神父’？”

“您活得很封闭，到外面去看看都发生了什么，你会看到神灵偶尔也会死于战争。”

“你怎么敢在上帝的屋檐下说这些话？”

“这教堂是我和我兄弟们建的，那时我们还是奴隶。”

阿公停下来，掂量着自己的话，结果像是面对朋友一样直言不讳：

“我们当时就应该把教堂扔进河里。”

“我的上帝啊！”

神父站直身体，无法抑制的情绪令他的声音颤抖，和极为冷静的阿公形成鲜明对比。

“你想见证奇迹吗，阿德吉如？看看你的孙女。”他转身对我说，“马里阿玛，让他看看……”

我站起来，朝阿德吉如走去，虽然双腿有些摇晃，但步伐坚定。阿公看上去并不感到惊讶。

“马里阿玛能走了，我很高兴。但我想问问：神父先生教你如何踢人了吗？”

“踢人？怎么能教一个女孩子踢人？”

“正因为是女孩，神父，正因为她是女孩才应该学会打人、咬人、踢人。”

“这不是一个信徒该说的话。在这里我们教育大家要爱身边的人。”

“我们最应该提防的就是身边离我们最近的人。”

阿德吉如在我边上转圈，手敲打在胸膛上，像是在打鼓，接着，他挥舞起双臂。阿公知道神父禁止我们在教堂里跳舞。

“马里阿玛，你还记得怎么跳舞吗？跳起来，让尘土飞舞起来。”

阿莫鲁索警戒的眼神不允许我摆动身体。我又笨拙地走了几步。阿公停止跳舞，不带情绪地命令道：

“去收拾你的行李。我明天来接你。”

第二天，他来了，带来一辆手推车。我提醒他我可以走路，但阿公坚持指着手推车说：

“孩子，你知道今天是什么日子吗？”

“今天？”

“今天是你的十六岁生日，你有权利被推着走。”

我坐在小车里从村中经过，听到神父在后面大声喊：

“马里阿玛能走了，这是上帝的奇迹，是奇迹！她虽然坐在小车上，但她能走了！大家快来看啊，这是个奇迹！”

我害怕地看着周围，已经认不出库鲁马尼。我在修道院待了太久。战争结束了，大家都回到村里。我的家人也重新回到老房子里。居民数量似乎增加了。通向帕尔玛的公路上挤满了小商贩。

到家之后，只有西林西娅庆祝我的回归。母亲正在筛米，抬头看了我一眼，毫无热情。在漫长的沉默后，是我先开口说：

“阿公说今天是我生日。”

“你阿公编造日历，所以他到现在都还没死。”

“不管是什么日子，能回来感觉很好。现在是和平时期了……”

阿妮法·阿苏拉依旧盯着筛子，小声说：

“你说了和平？什么和平？也许对于男人来说是到了和平年代，但咱们女人每天早上一睁眼，依旧要面对始终没有尽头的战争。”

阿妮法·阿苏拉非常清楚库鲁马尼女人们的生活状况。女人每天一大早起床，便如同睡眼蒙眬的战士出征。白天，我们作战，生活本身便是敌人。每晚当我们从战场归来，无法从任何人任何事物那里得到安慰。母亲一口气说完所有抱怨，仿佛准备了很久。

“所以，我的孩子，把关于和平的对话留在那个修道院里吧。你在那儿生活的时候，我们在这里必须努力想办法存活。”

她责怪我，仿佛我不仅是令她孤独的原因，还造成了库鲁马尼所有女人的不幸。我小步走向房间，就像犯人回到监狱。

猎 人 日 记 4

仪式与埋伏

在人可以成为神的地方，动物亦可为人。

——摘自作家的笔记本

阿妮法大半夜来找我，她满脸惊恐，我没换衣服便匆忙跟随她出去。过膝的睡衣让我看上去像是个无能的鬼魂。

“狮子到过我家。”

从天黑起，狮子就在村子周围逡巡。阿妮法远远地听到它们的动静。

“我什么也没听见。”我坦言。

她十分肯定。三头狮子正朝村子进发，我们不会再听到声音，因为离村子越近，狮子就越谨慎。我拿着枪走到院子里，丈量着夜晚的黑暗与寂静。阿妮法跟在我身后。作家吓得不敢出声，走在最后边。很快我们便到达贝伯夫妇家前面的空地。

“作家先生，别点灯。”女人小声请求。

“那我怎么能看清脚踩在哪儿？”古斯塔夫问。

“你们两个别出声！阿妮法，你赶快去叫热尼托！”我命令道。

“他在睡觉。”

突然，阿妮法指着发出声响的灌木丛激动地说：

“快开枪，是狮子！快开枪！”

放在扳机上的食指紧张起来。在由骨骼与神经构建的弧度里，栖息着众神之决定：一瞬间便可消除一条生命。然而，那一刻，我手指颤抖，迟疑着没有动作。这份迟疑简直是万幸：一个身影从暗处显现，双手高举着，犹如喝醉的稻草人。

“别开枪！是我，热尼托。”

追迹人去邻村买酒才回来，他举起酒瓶作为证据。

“阿妮法，快进屋去。你知道我不希望你大半夜出现在这儿。”

“你妻子把我们找来，”作家解释说，“因为她感觉狮子就在这附近。”

追迹人看了眼灌木丛，摇了摇头，随即举起酒瓶畅饮起来。在确认阿妮法已经回到屋里之后，他坐在地上，邀请我们一起喝。作家和我都没有接受，只是默默看着天上的星星，直到热尼托打破沉默：

“阿妮法知道是我。她知道是我快到家了。”

“我不明白。”古斯塔夫说。

“你们知道这是怎么回事吗？这是一次埋伏。阿妮法想要我的命。”

“你说什么胡话……”

“她觉得我犯了非常可怕的罪。”

“你做了什么事？”

“那是我们这里的事。你们知道，这里没有警察，没有政府，就连上帝也是时有时无。”

回到住处后，我取出枪膛里所有的子弹，一次又一次扣下扳机。手指仍在颤抖，但身体基本遵从了大脑的指示。我一如既往地迟迟未能入睡，双眼盯着天花板，回忆起最后一次去精神病院时的情景，罗兰度的道别在我脑海中挥之不去。他纤长的双手生出翅膀，在房间里绕着圈乱飞。就这样过了好一会儿。库鲁马尼人说，只有等猫头鹰都闭上嘴，夜晚才算结束。若是猫头鹰不在，夜晚便没了天花板。一些人在不自知的情况下吓走了这种未卜先知的鸟，每一天得以破晓都亏了这些驱赶猫头鹰的人。在这遥远的一隅，罗兰度的双手编织出我的每一个不眠之夜。

一大清早，区长匆匆忙忙来找我们，就好像有狮子追在他身后。他先扫了一眼外边才把门关上，掏出手绢擦了擦额头上的汗，一屁股坐在黑色皮沙发上。

“不能让我老婆看到我在这儿。那个女人简直不可理喻！”

他急切地做出解释，怕我们对那天在“席塔拉”的聚会产生误会。那一切都源自嫉妒。嫉妒是我们社会的毒瘤，区长如是说。不久前，正是这颗毒瘤令他的一个副手被迫卸任。那是名颇具资历的老兵，名叫西蒙·姆塔帕，他的政治生涯被摧毁了。

“你们不想开风扇吗？发电机已经连上了，燃料够用……”

嘈杂的风扇向着我们吹风。作家和我沉默地交换着眼神，等待区长平复呼吸。过了一会儿，他重新开口解释，说在我们到来之前，村民们已经开始编造理由，找人为所发生的悲剧负责。

“他们把狮子吃人这件不幸的事怪到西蒙·姆塔帕身上。”

村民散布谣言说姆塔帕家族拥有不可知的神秘力量，还说狮子就是在西蒙家造出来的。逻辑在这里不起作用，镇上派来的调查小组到了这儿也无所适从。为证明自己的清白，姆塔帕打开房门，暴露私人生活。村民们搜遍了他的房子、院子以及工作场所，并未发现任何“敏塔拉”，即任何能用来制造狮子的材料，然而他们就认定了姆塔帕是狮子制造者。

“‘敏塔拉’都包括什么？”作家好奇。

在很久以前，“敏塔拉”只是树根、树皮和骨头。如今还包括现代都市生活垃圾：汽车电池里的酸，旧手机，电脑屏幕。

“大家如此怀疑他，肯定有原因。”古斯塔夫坚持说。

这份怀疑只建立在一个基础上：姆塔帕家积累的财富。对于我们中的任何一个人来说，那位官员的资产都算不上什么。几排甘蔗、几棵香蕉树，还有一台蒸馏机，他家的女儿们用它做里帕酒。然而，这些在村民眼里就成了巨大且无法解释的财富。在这个谁都不能出头的地方，西蒙·姆塔帕成为众人的眼中钉。邻居们都受此刺激。邻居就像药：他们很管用，但只在病发时才出现。因被指控“制造”狮子，西蒙遭到殴打和威胁。那之后的第二天，他们一家人离开了库鲁马尼，消失在公路尽头。

傍晚时分，娜夫塔琳达·马克瓦拉来了，她提醒我们村里人正在做着什么准备，让我们提高警惕，不要出门，不要暴露自己的位置，既要窥视他们的举动，又不能被任何人看见。

“你们要是出去可有致命危险！”

“出什么事了？”作家撩起窗帘，担忧地问。

“古斯塔夫先生，快离开那儿！你不能看！”

第一夫人把我叫到角落，她站在我前面，丰腴的臀部挤压着我的身体。透过窗子，我们可以看到不远处的广场。

“那些人快来了。你就待在这儿，在我边上。”她说。

村民们即将开始集体狩猎前惯有的仪式，名为“库尤拉·留”。广场准备好迎接二十个男人，他们将于凌晨出发去追捕狮子。我多么希望自己也能参加这个仪式啊！娜夫塔琳达明白我的沮丧：

“你就和我这个女人一样，被他们排斥在外。咱俩做个伴，就待在暗处，不好吗？”

暗处？房子已经完全被黑暗所统治。外面残存着最后几缕日光。参加仪式的人是受紧急召唤而来的。各家的家长都希望由当地人来消除重压在村子之上的威胁。他们不想把抗击强大神秘力量的荣耀赐予我这个外来人。

集合起来的男人大部分属于库鲁马尼，也有些来自邻村。每人都带着弓、步枪、弯刀和网。他们把食物和水分别放进袋子和水壶中，集中在“席塔拉”附近的空地上。似乎并没有人为这支队伍执旗，这些人也不分等级。他们驱赶开因人群聚集而兴奋的野狗。一个年轻人试图加入队列，却被拉走了，他还没经历过初始仪式。片刻后，队列中的男人们开始唱歌，有些羞涩地跳起舞来，仿佛正在接受一位神秘大师的指示。娜夫塔琳达的身体没能抵住音乐的诱惑，臀部轻轻摆动，每动一下就贴我更紧一点。这种折磨让我难以保持自身平衡。要是区长此时突然进屋，看到我和他老婆贴身摇摆，会做何感想？突然，一个舞者大喊：

“图克库隆巴！”

这是鼓舞士气的口号。接着，仿佛是被一股无形的力量所牵引，他们开始有节奏地跺脚。尘土飞扬，在周围形成云团。

“成了，土已经飞起来了。”第一夫人贴着我的脸小声说道。

“现在，”她说，“我不能再继续看这场表演了，真让人火大。”她到里屋找阿妮法，两人得开始做晚饭了。

马克瓦拉区长穿过广场，身边跟着一个警察，他一边挥手扇着尘土一边喊：

“发生了什么？你们在聚众示威？经过批准了吗？”

趁着第一夫人不在，我马上逃出房子，违背了她让我保持隐蔽的指示。作家跟在我身后，脖子上挂着相机。我们走到弗洛林度·马克瓦拉身边，他在广场中心。村民们停止仪式，沉默地看着我们几个人，眼里带着敌意。他们的眼神很容易读懂：我们是入侵者，玷污了传统。作家很快明白，想拍照是不可能的，没得商量。只需要一个西玛孔德语词汇，就能让区长哑口无言，无法再提问。

一个猎人离开队列朝我走来，从肩带上取下一枚子弹，在两手间抛来抛去。他问我：

“知道是谁做的吗？”

“你是问子弹？”

"对。"

"这可没人能知道……"

男人骄傲地笑了。他把枪抬到脸的高度，双眼紧盯着我的眼睛说：

"我知道我的武器是由谁做的。"

接着，他开始原地旋转，每转一圈，就用指尖触摸一下地面。猎人捡起一块拳头大小的石头，举过头顶，对着区长马克瓦拉说起了西玛孔德语。警察给我们翻译：

"你们可以卖了这里的一切，天空、大地、水。可以连我们都卖了。但是神灵可不和钱打交道。"

猎人跳了几下，继续说道：

"在世间所有的石头里，有一块不属于大地。这是一块会飞的石头。"

他猛地将石头抛出去，力气非常之大，以至于石头飞过了树丛顶端。所有人都知道，那块石头不会再落地了。它变成了鸟，为要去猎捕狮子的村民引路。短暂停顿后，他们重新起舞。警察提醒道：

"我不知道咱们还有没有必要继续待在这儿……"

猎人们开始脱衣服，把用树皮做的汤剂浇在裸体上。汤剂能令他们免于遭受任何意外伤害。

我往房子里看，发现阿妮法背对着我们，正在灭灶火。在猎人们用汤剂冲洗身体时，一点儿火光都不能有。阿妮法和所有女人只能在这一过程结束后重新生火。

男人们跳了一会儿舞，在旋转与跳跃的过程中，逐渐失去理智，突然爆发出动物一般的咆哮，口水洇湿了下巴。看到这里我懂了，他们已经不再是人，而是化身为想要捕捉的对象——狮子。广场上的这一幕证实了一件事：狩猎是一种巫术，是最后一种被允许存在的巫术。

最终，男人们在沉默中出发，如军队一般行进。在接下来的一段日子里，他们会像梳子拢过头发一样穿梭在灌木丛中。不渴求食物，不渴求水，也不需要庇护之所。奇异的宁静占领了库鲁马尼，一间又一间茅草房里重新亮起了火光。

作家看得着了迷：

“真是令人难忘的奇观啊！多么别开生面的一场表演，不能照相太可惜了！”

“喜欢吗？”娜夫塔琳达问。她脸上的笑容令人费解，带着一种近乎溃败的情绪。接着，她继续问道：

“有多少个男人参加了仪式？”

“大概有二十个吧。”

“那一次有十二个人。”

“那一次？是哪次？”

“他们杀害丹迪的时候。她是我的女佣。那次有十二个男人，其中几个刚才就在你们面前跳舞。”

“他们把她杀了？”

“他们杀死了她的心，现在只剩一副躯壳，受了伤的身体，一个空壳罢了。”

她讲述了事情的原委：女佣一不留神走到了“木维拉”，那是男性进行初始仪式的神圣之地，禁止女性出现。丹迪犯了忌讳，受到了惩罚：在场所有男人强暴了她，享用她的身体。姑娘被送到本地卫生站，但值班的男医生不接收她，怕遭到报复。区政府接到相关投诉，却什么也没做。在库鲁马尼，谁敢和传统作对？

“我丈夫闭口不谈这件事。哪怕是我威胁他，他什么都没做……”

我不知道该说什么。娜夫塔琳达夫人抬起头，扇着火的手没有停下动作，她望着猎人们远去的方向轻声说：

“我不知道他们到丛林里去找什么，狮子就在村里。”

入夜时分，区长来找我们。他被猎人们的仪式吓到了，情绪有点激动。区长想立即组织一次狩猎，极力主张加快任务进程，必须由我们把狮子杀死。

“不能让那些人和他们的传统占了上风。”

弗洛林度·马克瓦拉等待我的宣言，等我给出一个临危受命的承诺。尽管如此，我在他离开后才做出决定。在颤抖的油灯灯光下，我检查着装备。作家应我的要求去负责准备车、燃料和户外照明灯。我用下军令般的口吻对古斯塔夫做出简明的指示。睡觉的时候，我向作家解释自己之前为何如此严肃地命令他。

“我们得尽快解决问题，我不喜欢这里目前的形势。”

天刚蒙蒙亮，我开车循着路面上的足迹行驶。

“为什么不带上那个追迹人？”作家胆怯地问。

“热尼托喝醉了。另外，我也想对周边环境有个概念，这一趟算是探查一下情况。”

“咱们能找着回去的路吗？”古斯塔夫又问。

坐在后排座位上的区长对此毫不怀疑：我们肯定能毫不费力地回去。他虽然不是库鲁马尼人，却已熟识这里的小路。妻子娜夫塔琳达指责他只会封闭在办公楼里纸上谈兵。但事实并非如此。

我基本没听他们的对话，忙着找地面上的脚印。

“阿妮法是对的，有狮子从这里经过。”

车辆行驶了几公里后，我们到达了树林间的一块空地，这种开放空间通常是为了便于看管附近的菜园。在空地中间，有一棵枝繁叶茂的大树，粗壮的树干上绑着两个年轻人，他们半裸的身体上留有瘀伤，一看便知是挨了打。我们下车，准备先解决眼前的问题。

“发生了什么？”弗洛林度·马克瓦拉用葡萄牙语问。

两个年轻人看着我们干瞪眼，像是被禁止说话。区长尝试用西玛孔德语又问了一遍。依旧没回音。他们保持沉默。弗洛林度耐心地继续问，两人用点头的方式来回答，就是不说话。马克瓦拉掌握了大体情况，对我们说：

“这两个不幸的人被指控是狮子制造者。猎人们夜里从这经过，把他们绑了起来，说是等晚些时候再回来处置。”

我们解开了绳子，但那两人依旧紧贴树干站着，保持不动。

“你们可以走了。”我们尝试鼓励他们。

“走去哪里？”终于，其中一人发声问道。

“去想去的地方，你们现在自由了。”

两人依旧不动，就像已经与树干合体。最终我们离开了，而那两个被判有罪的人始终站在恐惧的阴影下，等待刽子手回来行刑。

我重新发动汽车，在长满草的路上行驶，感觉自己正乘着小船，在一直延伸到地平线的绿色波浪中漂荡。吉普车只能以非常缓慢的速度前进，还不如走路快。

我在一处高地上停下车，摘下帽子，抬头看天。

“咱们迷路了？”古斯塔夫害怕地问。

“迷路是好事，那说明还有路。比迷路更严峻的是再没有路可走。”

“我就问你还能不能找到该走的路？”

“在丛林里，是路来找我们。”

弗洛林度・马克瓦拉的笑声从后座传来。作家的脸印上了耻辱。我的所有语言、所有沉默，都用来指责他：他是城市人，都不知道怎么应付脚下踩着的土地。事实只有一个：在这里，即便是行走这样的小动作，古斯塔夫都需要我来做他的导师。

回来的路上，太阳已经升到最高点，热度使荒草地上出现了海市蜃楼。

“就缺一杯加冰威士忌了。”弗洛林度打趣地说。

他们俩说了几个无聊的玩笑。我突然命令他们闭嘴，假装自己听到了那两人没听见的动静。我严肃的语气令他们感到害怕：

“你们安静点，待在车里别动。无论如何都别离开车，听见了吗？”

我放低重心，抬枪做好射击准备，以最轻的脚步穿行在灌木丛中。万籁俱寂。可怕的孤独感环绕在车周围，在车上等我的人吓得不敢动。他们在低声交谈。

“他怎么还不回来？”弗洛林度问。

只为缓解恐惧而轻声进行的谈话突然被打断，因为我决定朝天开一枪。为了制造更多恐怖效果，我快速奔跑，跳过一丛丛灌木，大声喊着必须赶快离开。作家赶忙换到驾驶位，吉普瞬间加速。

“出什么事了，阿尔坎如？”作家颤抖着问。

“我不能说。”

区长没出声。我说不出受惊吓的原因，这意味着所发生的事超出了人的理智范围。回到村里，我一言不发地下车走进屋里，听到弗洛林度对古斯塔夫说：

“到底发生了什么怪事？”

“我怎么知道？”

“我开始相信这里人的一些说法了。没准儿他看见了那种东西……”

“那种东西？”

“对，比如说，跛脚蛇。”

区长把话说得更明白：据说在这村子里，有一条蟒蛇，悄无声息地在屋顶或是小路上爬行。这一恶毒生物专门攻击幸福的人，让他们在不知不觉间中毒。这就是为什么库鲁马尼人承受着同样的不幸。所有人都害怕，害怕生活，害怕爱，甚至害怕朋友。一些人称这条蛇为“魔鬼”，另一些人叫它“西塔尼”，然而大部分人叫它“跛脚蛇”。作家打断了区长的讲述：

“抱歉，亲爱的区长，但我认为，这条蟒蛇正是我们自己。”

马 里 阿 玛 的 记 述 5

蜜色眼眸

漂亮女孩的呢喃比狮子的咆哮更容易被听到。

——阿拉伯谚语

十六年前，我蜜色的双眸俘获了第一次来这里的阿尔坎如·巴雷洛。猎人将我从警察马里凯托·布劳布里奥的手中解救出来。前面已经讲过，但我没说的是：过了些天，阿尔坎如又回来了一次，邀请我到城里生活。他许下承诺说我们一定会非常幸福，幸福到足以忘记之前的全部人生。

“跟我走吧，”猎人坚持说，“咱们一起过幸福的日子。”

我吓坏了，拒绝了他。猎人承诺的生活是我做梦都不敢想的。我四下张望，怕被人听见。我们在厨房交谈，女人在这里会忘记“活着”这件事。我的视线扫过永远燃烧的灶火、成堆的薪柴以及口朝下放置的锅。我仔细检查这一切，就好像它们并不出自任何人之手，而我们也未曾用自家收集的木炭帮邻居点火，永久维持灶火的也并非女性。

“你不说点什么吗，马里阿玛？”

倾听便是诉说。猎人说着我不认识的事物：城市、幸福、爱。我非常清楚他想表达什么，但他话里的内容实在令我难受。我没有接受这份邀请。说到底，幸福和爱是相似的，人并不“尝试”幸福，不“决定”去爱。人“是”幸福的，人会“爱”。

“咱们会幸福的，马里阿玛。”

“谁跟你说我想要幸福？”

猎人看着我，好像我说了一种他听不懂的语言。

那天晚上，村里响起巴图克音乐，大家都在跳舞。起初，我一动不动，看着其他人随着音乐节奏性感地摆动身体。鼓声仿佛从大地深处传来，震动着地面。我依旧保持不动，直到双脚感觉像是着了火。为了逃脱这把火，我慢慢在洒满月光的空地上和着音乐旋转。看到我跳舞，阿尔坎如走过来揽住我的腰，邀我与他一起旋转。

“放开我，猎人。在这里，跳舞的人不能触碰对方。”

“这我不想知道，我只按自己的方式跳。”

库鲁马尼的男人们曾说：打猎是个人的事。当然了，跳舞和打猎一样。每一个舞者都拥有整个宇宙。我重新转动起来，然后对他说：

“我不和你一起跳舞，我要为你而跳。你坐下，看我如何变成女王。”

猎人服从命令。现实已不在我的掌控之中，因为我看到自己赤裸着在院中舞动，在地上翻滚，逐渐失去人的结构。阿尔坎如屈从地倒下，一言不发。看到他脆弱且无防备的样子，我感觉自己更加女人。我在他耳边呢喃着甜言蜜语，感觉他在我怀抱中融化。篝火已经熄灭，我们却浑然不知。新的火焰在心中燃起。

我一边穿衣服，一边说出了阿尔坎如一直期待的话：

“你明天一早来找我，我跟你走。”

“我会来找你的，在全村人起床之前，我来接你。”

那天夜里，我做了所有能做的梦，天一亮就急切地站在门口。怀中的行李装载着我的未来。梦想与希望像衣服一样叠放整齐。

我从未拆开那件行李，因为那天一早，猎人并没有来。我当他只是忘了，以此来缓解伤痛。阿尔坎如以后会弥补这一小过失，他会回到库鲁马尼来找我，为了到时候节省时间，我的行李始终保持原样。

日子逐渐过去，我如同一个寿终正寝的人，最终屈服于明晃晃的现实：阿尔坎如抛弃了我。所有的梦接连变成噩梦，在梦里，有人用含混不清的声音喊着：

“咚卜！咚卜！”

远处，越过浓雾，人们在叫喊。白人占领了我们的地盘。他们在几百年前踏上这片土地，从那时起，我们便称其为“咚卜”。这是一种鱼的名字。白人来自海平线方向，从沙滩登陆，只可能生于大海。我们也来自那里，我和阿尔坎如。

猎人无意识地躺在我身边，像是投降了，这便是我的噩梦的内容：我和阿尔坎如死在沙滩上。我和他坐船顺流而下，水将船送向河口浅滩，激流迸发，人和行李一起散落在沙子上。片刻后，沙堆出现人影，一张张面孔朝我们的方向跑来。我以为他们是来救援的。然而，那些人靠近后只是抢走了我们的衣服和钱财。愤怒的人群提高嗓门，有节奏地喊着：

“咚卜！咚卜！”

“别杀我们，求求你们了，别杀我们俩。”我哭着请求。

“你们是鱼。咱们来把他们开膛破肚。”

“我是人！是黑人！你们看我！”

我意识到情况有多荒谬。一个人如何来证明自己的种族？我想说西玛孔德语，却一个词也想不起来。他们又开始有节奏地喊，就像在准备行刑仪式。突然，一个身影从模糊的背景中闪现，是热尼托·贝伯，他手持弯刀，号令众人：

“咚卜！咚卜！”

这便是结局，父亲准备手刃我的情人。陷入昏迷的阿尔坎如躺在我身边，对迫在眉睫的危机一无所知。弯刀闪电般刺入空气，却没能碰到它的目标。出乎意料地，猎人的身体化作了水，一波接一波，直至成为大海。在紧要关头，阿尔坎如转化成水，完成了自救。在梦里，我将自己交付于这最后一次抛弃，追随着我的爱人。既然没人来救我，我情愿溶解于水。

梦境令我做出决定：我想溺死在水中。我从未如此渴望做一件事。死在水里是一种回归。第一次看到大海时，我就有这种感觉：怀念我终将回归的腹腔，怀念甜美的死亡和两个心跳的鼓动，怀念水，水便是我们的整个身体。

母亲阿妮法·阿苏拉抱怨道：在库鲁马尼，我们都被活埋了。实则不然，我们都溺在水中。所有人在出生前都溺在水中。出生时看到的第一束光便是我们登陆的沙滩。

晚上，父亲来敲我房间的门。我把门打开一点儿：

“我要和外来客们进灌木丛。我们明天去猎狮子。”

父亲从没向我道过别。他总在半夜出发，没人察觉。然而这一次，他眼神空洞地看着我，用手抚摩我的脖子，就像我还是小女孩的时候。

“别碰我！”我激烈抗拒。

“我只是来跟你说再见的。”他服从地低语。

我惊讶于自己居然值得一次告别。在库鲁马尼，父亲不关注女儿，很少同她们讲话，也不对她们施以温情，在公共场合更是如此。展现温柔是母亲的责任。热尼托·贝伯为何要给我这份意料之外的关注？我意识到，这不只是告别，也是在请求原谅。热尼托·贝伯知道他不会回来了，他来是为了请求我的原谅，原谅他从不能算是个父亲，或者比这更严重：他是个父亲，是个让我只能放弃自由与快乐、放弃做人的父亲。

神奇的是，人的大脑非常受心的影响。这些年来，我一直期盼着他生命终结的那一天。热切地祈祷能有野兽来把他吃掉，就和西林西娅的遭遇一样。而现在，面对着父亲突然展现出的人性，我屈服了，悔意向我袭来：

“阿爸，求你了，别去参加这次打猎！”

他惊讶地看着我，过了一会儿，脸上的惊讶变成无法纾解的悲伤：

“为什么求我别去，马里阿玛？”

“我做了一个梦，阿爸，梦到了海。”

热尼托·贝伯有十分准确的第六感。这种预知能力使他成为杰出的追迹人。未来在他的梦中逐渐偏离了轨道，毫无意外，他明天会遭遇袭击。为什么这次他不去理会在我看来如此明显的预兆呢？

“马里阿玛，你求我别去只是因为害怕我会杀了你的猎人，并不是想保护我。”

“别去，求你了。”

“我必须去。不能后退。他们已经付了钱。”

他转身离去，脚步有些拖沓，中途停下来看了一会儿罗望子树的树干。我打破沉默：

“这棵树死的时候我很伤心。”

父亲向我透露了真相：我的瘫痪是母亲治愈的。不是教会，也不是阿莫鲁索神父。母亲对我做了“塔卡图卡”，把我的病痛转移到那棵树上，树木不堪重负，最终枯死。“塔卡图卡”就是把人身上的病痛转移到物上。这才是真正发生在我身上的事：母亲用罗望子树的生命为代价治好了我心灵的伤。这便是父亲在道别时对我说出的真相。

猎人日记 5

死土狼的活骨

由狮子领导的羊群有能力打败由羊领导的狮群。

——非洲谚语

区长有些不耐烦。“狮子行动”——他为这次狩猎命名——迟迟得不到结果。他从上级领导那里接到了最后通牒。若不尽快解决这一焦点问题，就会影响该地区吸引外资。

“我本想编造一份假报告交上去，就说一切都好。”

“假报告？”

“我们这些听命令做事的人都这样，从来不说有问题。承认有问题只会引得上头找我的麻烦。娜夫塔琳达看了报告，威胁我说要公开它是假的。所以啊，我亲爱的猎人同志，就只剩一个办法了：你加把劲儿，给我把那些狮子都干掉。”弗洛林度刚离开不久，他口中那位占领制高点的夫人娜夫塔琳达就来敲我们的门。她确认了一下区长之前在这里，然后把我叫到身边，低声说：

“弗洛林度现在很着急。他想赶快向上面交差，已经订好了给其他人用的武器。你要小心，我的朋友。这里有人想要你的命。”

那天下午，我独自出发，走向公路附近的小树林，公路通往帕尔玛。我有预感，这次一定能有所收获。

预感灵验了。半小时后，在逆光处，一只母狮出现在干涸的小溪边。狮子并没有表现出惊慌，倒像是正等待着这次会面。它突然向我扑来，快速缩短我们之间的距离。比母狮的动作更加出人意料的是我自己的喊声：

“上帝帮帮我！”

来复枪的扳机等待手指的扣动，而我却只喊出一句绝望的祈求。没有扣扳机，而是把灵魂托付给上帝，我到底是中了什么邪？母亲的预言与父亲的猎人血脉在我体内对抗。

母狮突然停止进攻。不知它是否因为没把我吓跑而感到惊讶。它在我面前，盯着我的双眼，似乎觉得奇怪。我不是它在等的人。那一瞬间，它不再是母狮。当它转身离开时，甚至已不再是活物。

回到住处，我感觉自己非常失败，整个人是空的。我躺在阳台上，暴露在夜晚潮湿的空气中。母狮就在眼前，一颗子弹就能解决，而我却表现得像个新手，焦躁不安。我不配睡在屋里。也许谦卑地暴露在阳台上才更容易得到神灵的原谅。

我并不是那种会在痛苦时向上帝求助的人。至于祈祷，我只在睡觉时祈祷，梦就是我唯一的祷告。希望上帝不要介意。毕竟我只剩下微小且短暂的灵魂，它只在夜间苏醒，轻柔低语，如此便能够不让其他人听见。我对自己的退却感到抱歉。拥有灵魂是一种重负，只有变成死人才能担得起。所以我在错误的感情中用力去爱，所以我打猎，都是为了放空自己。为了不成为人。

错失开枪良机的场景始终占据着我的脑袋。母狮依旧面对着我，掂量着我的灵魂。它眼中含着神圣的光。突然，我有个奇怪的想法：我曾在哪里凝视过那双甚至能够将失明之人催眠的眼睛。

甜美的疲惫软化了身体，悲痛向我袭来，正是同样的痛苦使得飞蛾不停地绕着煤油灯转。我睡着了，做了梦。我和传统猎人正相反，他们会在打猎前夜梦到将要杀死的动物，而我总是梦见自己是在被野兽咬死后才真正获得生命。野兽就此变成我私人的、最亲爱的创造物。它们永远都是我的，永远不停地在梦境中穿梭。说到底，我才是被它们驯服的囚徒。

库鲁马尼的老教堂浮现在梦中。我推开锈迹斑驳的铁门，注意到一位白人神父。他是个葡萄牙人，看着有点儿面熟。很难想象他是个神父。凌乱的头发以及肮脏的长袍使他看上去像个乞丐。

“进来，我的孩子。”他发出邀请，“我们这里的一众信徒热切盼望你很久了。你的名字阿尔坎如是上帝赐予的。”

双眼逐渐适应了昏暗的光线，我看清神父口中所说的“一众信徒”，原来都是狮子，公的母的都有。这些猫科动物恭敬地坐好，像人一样虔诚地聆听神父布道。随后，神父和信徒们一同祈祷，希望我尽快完成使命：杀光那些正在猎捕无辜狮子的残暴人类。神父举起圣杯宣称：这是你的血。狮子们极力克制着，口水淹没了教堂的长凳。神父伸长双臂，用不被野兽咆哮所埋没的洪亮声音宣布：

“你来这里不是为了猎杀狮子！你来是为了杀一个人！”

醒来之后，我觉得那真是个莫名其妙的梦。我让作家也参与到折磨我的古怪梦境中。古斯塔夫笑着说：

“让人好奇的是，人们总是梦见那几种动物：狮子、老虎、鹰、蟒蛇。看来我们从心底里想要成为那些能吞噬我们的动物。”

清晨，我在作家和追迹人热尼托·贝伯的陪同下，出发去村子北部的荒地。昨天有狮子在那儿出没。这次追踪很简单，狮子的脚印完好地保存在广阔的沙地上。人们称那里为“库瓦·维拉”。这名字十分贴切，在西玛孔德语里是“空旷”的意思。那是片被诅咒的土地，寸草不生。据说那里从未下过雨，一滴都没有。

我们没走多久就看到远处有只土狼。它就像沙地背景中的一抹幻影。作家看不清远处的动物，在视线终于清晰捕捉到猎物后，他的脸瞬间亮了起来，闪烁着各种情绪。我后来跟他们解释，这是会上瘾的。在狩猎中，吸引我的并不是杀戮本身，而是与野生奇迹相遇的短暂且不可复制的瞬间。突然，我听到热尼托·贝伯的强硬命令：

“开枪！杀了它！”

“杀一只土狼？”

“你没看见吗？它嘴里叼着东西呢，像是人腿上的一块。”

我害怕手指再一次不听话。然而，来复枪遵循了它的杀戮天性。子弹击中土狼，它倒在地上，没了生气。这一切令我感到奇怪。为什么这次我又能掌控手指了？对母亲的记忆再次浮现，她的衣服染上了我的血，就像是第二次将我生出来。她的预言再次响起，说我的命运不该是成为猎人。为什么这个预言最近才开始灵验?

“射得好！一枪就倒了！”追迹人喝彩。

事实上，这是我第一次不紧张也不用心的射击。子弹划过寂静，我都没意识到自己扣下了扳机。

我弯腰检查猎物，确定它嘴里叼着一块骨头。从它有力的上下颚间掏出这根骨头可费了不少劲。毫无疑问，那是人类的大腿骨，是土狼从沙子里挖出来的。

“知道这意味着什么吗？”热尼托说，“这说明狮子又杀了一个人。”

我们回到库鲁马尼，办事处门口已经聚集了许多人。他们听到枪声，期待着好消息，但很快就在看清猎物后失望了。

“这土狼是有主人的。”穿迷彩军服的失明老人在我耳边说。

我们很快达成共识：土狼的行动并非出于本能，而是受人指派。没人愿意去“库瓦·维拉”，即便是土狼也不会轻易去那片禁忌之地。所有人都知道，从远古时代以来，那里就只埋藏着战争留下的残骸。都是些史诗般的战役：对抗“古尼斯”的战役，德国人的战争，抗击葡萄牙人的战役，内战以及其他没有名字的内部纷争。

最终的决定是把尸骨拿给一位名叫阿碧亚·瓦帕的神婆。骨头自有它的出处，不会凭空出现，我们所面临的问题之所以严重，是因为这块尸骨确实是凭空出现的。我不同意去咨询神灵，我可没有时间分心。但作家坚持说拜访神婆十分重要，让我最好一起去，说那会有助于我完成任务。

“我要请求河流的允许。”

神婆用遮阳帽挡住脸，那一刻，她转化为阴影。阿碧亚·瓦帕感到非常骄傲：外来客（包括一位代表区长前来的当地警察），正坐在她的地盘上。

她紧靠在一棵猢狲树上，双腿伸直，如同在属于自己的私人教堂里一般自在。神婆的视线从作家转移到我，再到马里凯托·布劳布里奥。接着，她说：

“为了给你们在此地狩猎的许可，我先要向河流请求允许。”

“向河流？”我不耐烦地问。

“河流有它的权势。里德娅河里住着最大的‘格维纳’。你很了解这条鳄鱼……”

“我了解？”

“就是你很久以前杀死的那条。”

这话说得我只能笑了。格维纳，一条鳄鱼？我已经获得持枪许可，被授权来杀死食人的狮子。如今却还要请求一条幻想中的鳄鱼同意？我在胆怯和质疑间将这个问题问出了口。阿碧亚控制着她的声音，但已不再注意措辞：

“幻想的？你怀疑这条鳄鱼的真实性？你还算什么非洲人啊？！”

“让我们把话说清楚。我们来找您是为了鉴定一块从土狼嘴里抢出的骨头。”

他们把骨头放在神婆脚边，她没动，只是远远地看着骨头。她闭上眼睛深吸了一口气，像是在研究残骸的气味。

“这块骨头还很鲜活。这次死亡是有预谋的。”

骨头是我们唯一的永恒。肉体腐烂，记忆消殒，骨骼会永久留存下来。这就是阿碧亚·瓦帕的理论：那不仅是一块大腿骨，也是某人生命的见证。

“是啊，这个人是谁呢？”

“我不会说出任何人名。你们知道是谁。”

“我们来就是为了听这个？”我问。

“那我就再多说几句。你是猎人，你之后会明白我话里的意思。”她停顿一下，接着闭上眼继续说，“一个女人躺在地上，落入比尘土更深的地方。最终，会有一个人怀上尸骨。”

这话听上去无法破解，但马里凯托却像是完全明白了其中的玄机。在远离神婆家后，他把我们带到公路边上，解释说：

“这块骨头是丹迪的，就是区长家那个被强暴的女佣……”

喊声在村里响起，复述着悲剧，最新一位受害者的身份已经传开。那是丹迪的骨头，对此没有人感到惊讶。自从被强暴之后，那个姑娘变成了“瓦席咯”——夜间在村中梦游的人。于是她在夜里一个人暴露在外，把自己献给了狮子。丹迪是自杀的。

到睡觉的时候，我仍然能听到女人们的哭声。她们为死者而哭，比起她的死，更加哀悼她那无趣且短暂的生命。神婆最后的话在我脑中回响：

“猎人，你记住，扣下扳机的并不是你。子弹遵循了另一个人的意志，在那一刻，他占据了你的存在。”

对我来说，这句话是那天神婆说过的唯一一句真话。

第二天一早，我去找热尼托·贝伯。敲了院门之后，来开门的是他的妻子阿妮法。她说追迹人喝多了，还没醒酒。

“我丈夫是个‘克万巴瓦’。”她说，“你可以说他是喝醉了，但那个男人的真实面目只能用我们的语言来描述：一个‘克万巴瓦’。”

“院子里的那一堆都是酒瓶？”

“别惊讶，先生，是我给他准备的，是我给了他酒。”

对于库鲁马尼的女人来说，醉酒的丈夫比清醒的更有益处。而对于阿妮法来说，这就是在毒蛇的黏液与恶魔的吐息之间做选择。热尼托清醒时对她施暴比喝醉时更疼。

“你来，”她引我走过小路，“来看看这个男人还在睡觉。”

热尼托睡在井边的一块席子上。

“看着就像牲口一样。”阿妮法说，“有时候，我请求上帝永远不要再叫醒他。”她坦言道。

我为难地笑着摇了摇头，想缓和她这句话的严重性。然而，女主人继续说道：

“如果他再也醒不过来，我就不用杀他了。”

“这是怎么了，阿妮法？”

“这个男人给了我四个女儿，却又把她们都弄没了。”

“他们告诉我最大的那个是被狮子咬死的。”

“她是被热尼托杀死的……”

在那个致命的夜晚，西林西娅正要逃出库鲁马尼，逃脱热尼托·贝伯的专制。

“跟我去看看她的坟。就在这附近。”

我们经过一块空地，走到一片小树林里。西林西娅的坟上有一个木制十字架和一大块岩石。石板上有些野花，其中有几朵还是新鲜的。

“花真漂亮。是你们带过来的吗？”

“我们？送这花的人是你。”

“我？”

“你每天在天刚要亮的时候都会跪在这里和她说话。”

阿妮法带我回到她家。一个疑问困扰着我：她怎么会编故事说我每天给西林西娅送花？这女人疯了。

在院子里，我听到从篱笆后面传来的咳嗽声，正要转头看，阿妮法就拉住我的胳膊，让我坐在唯一能坐的椅子上。

“没有人，只是几条狗罢了，还没被狮子吃掉。”

女主人从厨房端出一锅煮红薯，放在陶土制的盘子里端给我。我不饿，但也没法拒绝。我们在寂静中分享着食物。

“我说要杀了热尼托，其实我想杀的是整个库鲁马尼。”

“你是有多大仇啊，阿妮法？”

“咱们俩在这里一起吃东西，在库鲁马尼，这是被禁止的。一个男人和女人一起吃东西？除非他是中邪了。”

“谁知道我是不是真就中邪了呢？”

突然，我听到有盘子打碎的声音，看到一个女人的身影跑开躲了起来。

“那是谁？”

“没有人。”

“我看见了，我看见一个女人藏起来了。”

“我跟你说了，女人，在这里，不算人……”

她起身，把我带到前院，这是在向我暗示这次拜访该结束了。她想给我几个木薯，我委婉拒绝。在离开之前，她握着我的手问道：

“我从你身上看到了非常深刻的悲伤。发生了什么？”

“没什么。什么事也没有，为什么这样问？”

“你为什么花费时间和我这样一个孤独且上了年纪的黑人女性聊天呢？”

马里阿玛的记述 6

无海之河

智者是萤火虫，用黑夜来点亮自己。

——库鲁马尼谚语

阿尔坎如到来的那天夜里，我梦见自己是一只瘦弱的母鸡，活在热尼托・贝伯的鸡笼里。其他母鸡都是我的姐妹。我们的生活波澜不惊，就和所有不能飞的鸟一样。然而，我们却听说，有其他鸡笼里的母鸡转变成了秃鹫，于是我们祈祷着同样的蜕变在自己身上发生。秃鹫能够自由地在空中飞翔，感受令人目眩的高度。但是，这一奇迹迟迟未能发生。

有一天，阿公阿德吉如在喂我们玉米的时候解释说：使我们不自由的并不是鸡笼。导致这种屈从的秘密原因是：每天早上，热尼托・贝伯都会来给我们催眠。他只需要用手指像钟摆那样晃一晃，就能让我们陷入静止，脱离世界。若我们中的一只母鸡突然醒悟，主人便会把它的头塞在翅膀下，转瞬间，它就又恢复到永恒的麻木状态。

接下来的几天，我反复做着这个梦，它像是要警告我什么。如今我知道了，那是恐惧。一切都变得明了：阿尔坎如抛弃我并非出于背信弃义。他离开是因为恐惧。让他痛苦的是一种古老的恐惧，害怕湖面下藏匿着的野兽。他怀疑在我甜美的外表下，藏着一只会将他吞食的野兽。这便是阿尔坎如的恐惧。

事实是，阿尔坎如天生不会和别人分享他的生活。猎人的伟大之处在他的孤独之中。他的惊慌失措，他的懦弱都没人能看见。只有猎物知晓他的弱点。这就是为什么猎人急于消灭猎物。

十六年前，从阿尔坎如·巴雷洛看到我在村子里跳舞的那一刻起，他便开始心生不安。猎人害怕我的身体所说出的话，害怕通过我的身体、伴随着鼓点向他倾诉的那个声音。他不了解这种语言，所以在他看来，这只能是一种黑暗力量。魔鬼才这样诉说，不用语言，而是用身体的欲望。这便是他的恐惧。然而，令我抖动身体的并非魔鬼，而是女人心里的众神，她们诉说并聆听。阿尔坎如的恐惧便是所有男人的恐惧。他们害怕回到女人占据神圣地位的时代。在与我交合时，阿尔坎如希望从结合中得到保护与祝福。然而，我们有着不同的神。他的神沉睡在书籍里，我的神则在音乐中苏醒。猎人不明白这一点。我并非在跳舞，而是脱离时间与重量，就像蛇蜕去身上的皮。

如今我正在经历的幽禁生活，之前也发生过。十六年前，阿尔坎如·巴雷洛离开村子后，我瘫倒在门廊，就那样看着日子一天天过去。我活在压抑之中，经历着蝴蝶一般的生长过程，变成了茧，等待着突破新生。看着我在门廊瘫坐着，所有人都认为我又瘫痪了。但空虚只在表面，因为我知道，我和阿尔坎如·巴雷洛之间的爱虽然短暂，却结出了果实。我等待着肚子鼓起的那一天。在十七岁生日那天，我以胜者之姿出现在母亲面前：

“你觉得我不是女人？伸出你的手，感觉一下我肚子里有什么。”

她的手臂在我手中显得无力，在还没碰到我的肚子时，她就把手放下了。

“马里阿玛，你听见雷声就以为是在下雨吗？时间长线上还有很多结呢。”

“我不明白，阿妈。”

我说了谎，其实我明白她的意思。库鲁马尼的女人在怀孕的每个月都会在一根长线上打一个结，这根线代代相传。

“咱们是女人。”她说，“天生就要战胜苦难。”

接着，她不说话了，只露出一个神秘的笑容，几乎带着蔑视。她一言不发地揭开了我的旧伤：我不育，我的干涸无药可医。

“别那样看着我，孩子。你知道是谁的错。”

这毫无疑问，我没法成为母亲是因为父亲曾经暴打我。就连医生都确诊了这一严重的后遗症。

“有些孩子，生与死都在我们身体里。”阿妮法以此结束了对话。

一切都是命中注定。那天夜里，我做了噩梦，梦见在我身体里，一只食肉的野兽吞食了我的孩子。我那黑白混血的宝宝，不洁的孩子，一个野种，就如同一个梦，消失在黑暗中。我惊醒，感到身下的床单湿了，我在流血，把床单染红了。我尖叫，辱骂母亲，大声喊着：“我在生孩子。”床单上的血是活物，是鲜活的血浆凝结，是一个血人。

“这是我儿子，是你的孙子。”我站在阿妮法·阿苏拉的门外大声喊道。鲜红、浓稠的血液从手掌中滴下。

如今，我知道了，童年的故事只有一半真实。为了揭露它的虚假，所需要的远远多于全部真相。之前没能掌握的巨大真实只有一点：父亲的殴打并非是造成我不育的真正原因。那是母亲编造的不那么残忍的版本。真相是：多年以来，我的父亲，热尼托·贝伯性侵他的女儿们。最初是西林西娅，她沉默地忍受着，没跟任何人分享这可怕的秘密。在胸部鼓起来之后，我也成了受害者。一到傍晚，热尼托就痛饮里帕酒，喝醉了就到我们的房间来，噩梦开始了。难以置信的是，在他对我施暴的过程中，我的意识完全抽离，不在场，不在我父亲汗湿的身体之下。记忆产生一种奇怪的机制，使我在下一秒便能忘记刚刚经受的痛苦。这种突发性失忆有它的意图：防止我变为孤儿。结果就是，父亲曾经的施暴行为就像从未发生过。在那些时候，热尼托逃离自己，变成另外一个存在，而我也转变为另一种生物，无法触及且并不存在。

母亲阿妮法·阿苏拉始终装作不知道。在她看来，流言蜚语都是邻居们编造的，是他们的幻想，为的是掩盖他们自己的问题。当证据胜过了她的自欺欺人，她把我叫过去，声音颤抖地问：

“是真的吗？”

我没回答，眼睛盯着地板。沉默证实了一切。

“贱货！”

我没做出反应。她扑到我身上，拳打脚踢，用母语辱骂我。在朝我吐口水的间隙，她说错都在我。一切都只怪我。幸好西林西娅提醒过她，是我挑逗了她的男人。她不用“你的父亲”指代热尼托。现在他是“她的男人”。

“你给我滚出去！再也别出现在这里。”

我并没有离开，正相反，我禁闭在家中，足不出户。从来没有人在房子里待那么长时间。阿妮法·阿苏拉找来一位巫师，这位“木瓦维”让我喝下一剂苦药。我一整天都在用小碗喝药。

第二天，药的毒性开始生效，我变成了没有灵魂的空壳，流淌在血管里的不再是血，而是毒液。

母亲向我复仇。之前她把我的病转移到院里的树上，如今她施了相反的“塔卡图卡”，把我的生命转移给枯死的树。罗望子树在眨眼间变得枝繁叶茂、郁郁葱葱。而我则变成毫无生气的物。只剩下听觉，其余一切都包裹在原始的黑暗之中。

阿妮法·阿苏拉想做的远远多于消灭我的身体。死是件小事。她需要抹去我的出生。死人并未从生活中离席，他们在梦中与活人交谈，苛责活人的良知。母亲对我的惩罚旨在将我完全放逐，不只是离开库鲁马尼，还要远离语言和理智。她断言我已经疯了。疯狂是唯一完美的离席。在精神错乱中，我是可见的，有病但无伤口，心碎却无疼痛。

阿公阿德吉如试图用他的“民太拉”拯救我，但没起作用。他找来阿莫鲁索神父。然而，这位葡萄牙神父这一次却没能令奇迹发生。他只说了一句话：“马上送她去医院。”他们把我送到帕尔玛的医院，医生很快给出诊断：病因不明。

“运气好的话，她能够重新行走。”

我在医院暂住了一阵子，没有任何好转。医学抛弃了我，但他们并未因此把我带回库鲁马尼。在医院里，我比之前更加没有生气，也没人陪伴。后来我才了解到他们为何迟迟不接我回去。阿德吉如在那段时间去世了。家人不想让我在场。不是为了剥夺我向阿公道别的机会，而是要让这句道别推迟一生的时间。

阿公去世一周年那天，他们带我去看他的墓。阿公死前交代说希望我参加他一周年的仪式。那时我已经回家了，但身体依旧没有好转。没人愿意用车拉那种状态的我，会污染车辆。最后他们让我坐船，顺河而下，直到那片神圣的森林，阿德吉如和祖父莫阿里米安睡在那里。

上船的时候，我身子一歪，掉进了里德娅河，据说沉在水底很长时间，最终被救起来时眼中带着新生儿一般的惶惑。然后我慢慢站在世界面前，蹒跚地迈出几步，抖抖肩膀，像是甩开了无形的包袱。在场所有亲友毫不怀疑地说道：

“马里阿玛回来了！马里阿玛回来了！”

众人投来目光，我成了宇宙中心。大家安静下来，等着看接下来会发生什么。

“我的姐妹们在哪儿？”这是我的第一句话。

大姐西林西娅带着双胞胎妹妹乌米妮娅和伊瓜丽塔走过

来。我默默地吻了西林西娅，然后跪下来面对两个妹妹。只过了几个月的时间，妹妹们却看上去已经悲伤地衰老了。人们总是问我库鲁马尼是否有孩子。一个需要种地、砍柴、抬水，失去了童心的孩子还算是孩子吗?

突然，父亲打破沉默，举起双臂宣布：

“咱们去看海。”

“看海？”母亲惊讶地问。

“全家都去。”热尼托·贝伯肯定地说，“我向阿公保证过。”

我没想过让他们带我去看海。我只想变回小女孩，躺在母亲的怀抱里，被她轻轻摇着。那才是我唯一想要的海。那时我明白了为何阿莫鲁索神父总提到世界末日的大洪水。这个世界要求阿妮法生孩子，却不让她做母亲。要求她嫁给一个男人，却不允许她认识爱为何物。我真希望能有一场洪水来淹没这样的世界。

广阔无垠的海洋令全家人心旷神怡。没有轮廓的海平线仿佛自我们体内生出。姐妹们被震撼得说不出话，陶醉于大海的无边无际。只有我一个人朝海浪走去。令我痴迷的并非大海的宽广，而是在海浪间翻腾的泡沫。如同白色的鸟，没有身体和翅膀，盲目飞腾起来消失在空气中。一个词语从我双唇中翻滚着跃出上千次：泡沫。如果有一天，我能有一个女儿，一定为她起名为：依斯普玛[1]。

我为那不可能出现的孩子取这个名字是正确的，因为我自己的消亡会像泡沫一样，从海浪中腾起，最终化为虚无。我永远不会有孩子，没有能让我为之取名的人。

然而，每到满月那天，我就会全身痉挛，孤独地躺在床上，生产。数十个孩子，我已经生了数十个孩子，没有女人生产过这么多次。没人知道他们，这些孩子在出生的下一刻就灭绝了，如同坠落的星星划过天空。不可能出生的孩子消失了，这种幻想生产的疼痛却一直追随着我。

熟识痛苦的母亲阿妮法·阿苏拉曾告诫我：疼痛会过去，但不会消失。疼痛住进我们心里，深埋于心湖之中。

1　依斯普玛（espuma），葡萄牙语中“泡沫”的意思。

猎 人 日 记 6

重逢

我只在活之前快乐。我只在梦里回忆。因此，我写作。

——从作家的笔记本上抄来的句子

丹迪的下葬仪式在清晨举行，参加的人很少，大部分是女人。区长陪同夫人出席。丹迪毕竟在他家工作了很久，雇主不出现的话，会被村民怀疑。不同于丈夫的漠然，娜夫塔琳达几近崩溃。有那么一刻，她想说点儿什么，却哭得说不出来话。第一夫人缓了缓，擦干眼泪，开始激昂的演说：

“狮子就在村子附近转，男人却依然命令女人去看守菜园，命令女儿和妻子在天刚亮的时候出去拾柴、担水。我们什么时候能拒绝？等到一个女人都不剩的时候吗？”

她希望在场的女人都能同她一起反抗。但她们只是缩着肩膀，一个接一个离开了。第一夫人是最后一个离开葬礼的女人。她感觉自己是这世界上最后一个女人，就如同我感觉自己是最后一个猎人。

仪式结束后，弗洛林度朝我走来，说他预订的那些来复枪过一天就能到了。

“你会得到支援。”

“不需要。我只需要自己。你把枪拿去做其他事吧，比如去对付那些偷猎者。”

“马里凯托和热尼托都会拿到枪，他们听你的命令行事。”

“我不会命令任何人。你要想找人另组一队，没问题，但我该做的事，我要自己去做。”

谈话转变为争执。在场的其他人纷纷不赞同地离去。时间和地点确实都不合适，但区长却非常激动：

“你知道我冒了多大风险吗？我可把升官的希望都押在这次狩猎上了！你想干什么？想让我换其他方法？”

作家拉着我们离开教堂，由他来继续刚才的对话：

“我不明白，亲爱的马克瓦拉。什么叫‘其他方法’？”

“我就实话实说吧。”区长回答，“我已经开始怀疑那些狮子的真实性了。它们在大白天进村，动机几乎和人一样……”

作家笑了，弗洛林度并未因此停止发言：这些野兽在村里挨家挨户地找人，应该是受谁指派才来杀人的。所以说，它们只可能是人造狮子，要不怎么都不吃我们之前放出去当饵的毒肉呢？而且又为什么要去撕毁村民们挂在晾衣绳上的衣服呢？

“我敢肯定，没有任何真狮子会做出这些举动。”区长强调着总结道。

回到住处之后，我准备午饭。作家在房间工作。他仍旧在偷看我那些潦草的日记。我不在乎，反正我也看他的笔记本，还会从里面偷一些句子。这令我逐渐感受到写作的乐趣。

在书写过程中，我体会到了与打猎相似的乐趣：空白纸张上隐藏着无数惊讶与恐惧的瞬间。

我帮古斯塔夫盛饭、倒酒。作家对我这种管家般的服务感到有点儿别扭。无言地吃完一顿饭，我回房间拿出一支枪交给他。

“这是干什么，阿尔坎如？”

“这把枪是你的了。完全属于你。”

“得了吧，阿尔坎如，我要武器做什么？”

我抬起手，示意他听我说完，不要打断。

“你还记得阿妮法那天夜里把咱们叫出去吗？记得我当时迟迟没能开枪吗？”

作家小心翼翼地把枪放到地上，就像在放炸弹一样。我等他完成这一复杂精妙的动作后，才继续说道：

“你曾经想知道我用哪只手开枪。既不是左手，也不是右手。我不再开枪了。”

“我不明白。”

“我的手指不听命令，它们已经死了。真相就是：我已经不能打猎了。”

我举起手臂，向他展示我的手。弯曲的手指如同废旧的铁钩。作家不知该说什么。面对如此坦诚、如此一败涂地的我，他需要些时间来让我之前在他心里构建的形象慢慢瓦解。

“我已经没有手了。”我溃不成军地说。

我观察着自己的手，仿佛从来没看过，仿佛它们是完全陌生的，正如大哥罗兰度在医院里盯着他那无用的身体。

“别告诉其他人。”我叹息着请求。

“没人会知道。”古斯塔夫让我放心。接着，他问：“抱歉，但我还是要说，接受区长的提议，让热尼托和马里凯托随你一起去打猎不好吗？”

“绝对不行。”

“我就不明白了。那到底要由谁来杀狮子？”

“你。”

“什么？”

“由你来动手。”

“你疯了！”

“你不用担心，我会主导一切。等到那一刻，你只需要扣一下扳机。”

我以为作家会语气强烈地坚决反对。然而，古斯塔夫·贺加罗像是在考虑这件事。也许他开始屈服于被压制的意愿。他重新拿起枪，举在手上，对准幻想中的目标。

“你觉得我会朝动物开枪吗？”他问。

作家心里萌生出前所未有的感觉，那是一种孩童般的热忱。于是我想：几百年来，人类努力完善自身，逐渐脱离动物性，但就在转瞬间，那些我们曾用语言来比喻和暗示的一切（脖颈、脸庞、腰身）全部转化为赤裸的鲜活物质：肉、血、骨。狮子吞食的不止是人，狮子吞食了人性。

“如果失败了呢？”古斯塔夫问。

“别担心，作家。比起杀死狮子，我把枪给你更多是为了自保。”

我希望作家可以保护我。他似乎已经捍卫了某人：他向中心政府提交了一份报告，检举弗洛林度对丹迪受害事件的不作为。

“你告诉娜夫塔琳达了吗？”我问。

“正是她请求我揭发的。还有阿妮法，她告诉我，命令施暴者们动手的正是她丈夫热尼托·贝伯。”

“经过那天夜里的事，你还能相信阿妮法？”

“热尼托自己也坦白了，说他当时在‘木维拉’指挥那群蠢货。”

狮子集聚在教堂的梦又在我脑海中闪现。我想起阿莫鲁索神父那句奇怪的预言：“你来这里不是为了猎杀狮子！你来是为了杀一个人！”

丹迪的葬礼很简单，参加的人不多，没想到却对我造成了极大的震撼。父母下葬时，我没能在场，因为年龄不合适。对于凝视死亡这件事来说，不知是否有合适的年龄。丹迪的消失仿佛从我身上撕下了一块肉。我手中曾握着那女人的骨头，怎么可能不受鬼魂惊扰地安眠呢？

天花板慢慢下沉，我失足跌进不寻常的甜美睡意。半梦半醒间，我看到大嫂出现在房间里，身影柔和。这是梦，我不想醒来。卢西丽娅从薄雾中显现，轻巧地移动，悄悄进入我的房间。她那么漂亮，身上散发着香气，让人浮想联翩。卢西丽娅抓起来复枪，开始与枪共舞。她轻抚着手中的武器，仿佛从中获得生气。我一动不动地坐着，双眼追随她富于暗示的动作。女人用枪管蹭着脸颊，眼睛盯着我，上下打量着。

“小心！枪上膛了！”我提醒道。

“我知道，所以我才要与它共舞。”

“所有舞蹈皆是如此。危险，甚至致命。”护士补充道，

“我们开始于生命的怀抱之中，结束在与死亡共舞之时。”

红唇吻上扳机，进而淫荡地吸吮着枪管。她的双眼紧紧盯着我。而我却始终冷漠相对，保持着距离。事实很明显：相爱有其时，打猎亦然，不可混淆。如果我屈服，就背叛了古老传统：狩猎期禁止做爱。

“阿尔坎如，你看不见吗？我就是跛脚蛇……”

我明白了，这女人想要占有我的灵魂。令我惊讶的是，卢西丽娅开始脱衣服，充满肉欲的身体渐渐显现。月光洒在她身上，显得她越发不真实。她慢慢走近，转过身，后背靠着我，身体逐渐与我贴合。我心中的坚冰转而沸腾起来，我舒展身体，感受到深入脊髓的战栗，发不出声音，只剩下火焰。

“你不说点儿什么吗，小阿尔坎如？”

她这是强人所难。我正被诱惑绑架，想要说什么，却没了嗓子，想要触碰她，却没了手指。我不再是自己身体的主人，正如之前打猎的时候。从胸膛里挤出不成句的话：

“说话，我？”

突然，她转身面对我。嘴、牙齿、舌头，她的一切都在汲取我的灵魂。我几乎死去，倒头陷入昏睡。

我颤抖着醒来，外面天刚蒙蒙亮。经过走廊时，我碰到作家，他马上说：

“刚有一个女人从这里离开了。”

“女人？什么女人？”

“不知道，我不认识。是从马普托来找你的，叫卢西丽娅。”

“卢西丽娅？”

我保持镇定，内心却如同火山爆发，这消息令太让人惊讶了，就像突然掉进陷阱。我待在原地不动，内心却在狂奔，年轻骁勇，屈服于欲望。我已经能感受到卢西丽娅的身体贴紧我，她的呻吟和喘息令我迷醉。这对我来说不只是美梦成真，还意味着曾经遭受拒绝所留下的伤口终于结痂。

一小时后，卢西丽娅回来了。她亲吻我的脸颊表示问候，差点儿亲到嘴。我未修剪的胡子蹭到她的脸，留下痕迹。乳房贴着胸口，就这样过了一会儿。

“我就知道你会来。”

“胡说。我自己都不知道。”

“我哥哥怎么样？”

“我来这里就是因为他。你哥哥……我不知道该怎么说……”

“他死了？”

“没，还没有。”

“还没有？”

“罗兰度希望你赶快回马普托。他在死之前有话对你说。”

“我需要在这里再多待一天。然后咱们一起回去。”

“那我就先回帕尔玛，我住在那儿的旅馆，明天你办完事来找我。”

“别现在就走，卢西丽娅。我带你去看看河，然后开车送你去帕尔玛。”

在里德娅河河岸的最高处，我们凝视着寂静无声的山谷。直到两人都坐到石块上，卢西丽娅才开口说话：

“有些事我得告诉你，首先是关于你母亲的事，关于她的死。”

“我知道她是怎么死的，她生病了。”

“你母亲是因‘库松甲办甲’而死。”

“是病的名字吗？”

“算是吧。它可以杀死那些并没有生病的人。”

我当时没听懂。卢西丽娅解释说：在马尼卡语[1]里，“库松甲办甲”的意思是“用刀解决”。在因工作迁居之前，一些男人会用针线把妻子的阴道口缝合起来。很多女人因此感染。马尔缇娜·巴雷洛的感染是致命的。

“罗兰度知道这件事，所以才杀了你们的父亲。那不是意外。他是为母报仇。”

---

1 莫桑比克马尼卡省人所说的方言。

愤怒充斥我的胸膛：大哥故意杀了我父亲！我重复了一遍“我父亲”，就好像他更是我的，而不是罗兰度的。指责逐渐向另一种近乎嫉妒的情绪低头。

“卢西丽娅，你告诉我，我哥睡得着觉吗？”

经罗兰度妻子证实，他睡眠没问题。我怎么可能对此无动于衷？大哥竟然能达到我所渴望的完全放逐。我嫉妒他的疯狂和睡意。嫉妒他拥有一个女人去回应他的爱。这些我都没有。

我离开卢西丽娅，走到附近一块坡地，那里能更好地将河谷景色尽收眼底。自到达库鲁马尼以来，河水涨了不少。位于群山之间的源头处肯定下过雨。河流从不休眠，这点像我。

“就在这条河边，我喜欢上一个女孩……”

我亮出模糊的记忆，如同挥舞一把刀，我莫名其妙地想要伤害卢西丽娅。

“有两姐妹，我记不清她们叫什么、长什么样。我亲了其中一个。现在什么都想不起来了。没准儿要是再遇见……”

“男人啊，男人！女人永远忘不了这样的事。我敢说她们肯定还记得你。”

“我承认那时候我酗酒，到这里之后也喝了不少这里产的烈酒。”

“你当时来这么偏远的地方做什么？”

“来杀一条危险的鳄鱼。”

“成功了？”

“你怀疑我打猎的能力？”

“你也不是每次都能成功捕获想要的猎物。”

我学着猫科动物的习惯假装没听见。它们在扑向猎物前总会先装作心不在焉。除了以猎人的方式，我真不知道还能怎样和卢西丽娅相处。

“有件事我不明白。罗兰度说话含混不清，你真能听懂？”

突然，我在自己身上看到了父亲当年让母亲读信时的那种不信任。上帝啊，我太像恩里克·巴雷洛了！那一刻，我已经忘了卢西丽娅就在边上，她回答说：

“你别忘了我是护士。而且我照顾他那么久！我听你哥哥说话就像别人看手相。”

罗兰度会写作，这我可没忘。那是他的武器，也是避难所。卢西丽娅从兜里掏出两张纸，把最褶皱的那张递给我。是罗兰度的信，我认识他那好孩子式的笔迹。我不喜欢放出声音读信，那让人感觉脆弱、荒诞，像赤身裸体一样。所以，我小声念：

亲爱的弟弟：我的情况大概令你心疼了。我想告诉你，我并不难受。正相反，我很快乐，因为我再也不是巴雷洛家族的一员了。我除掉了继承而来的名字，为此开心不已，就像寡妇烧掉蛮横的丈夫所留下的旧衣服。自从开了那一枪，我不再有恐惧，不再害怕面对自己。我不会再犯罪。我已经空了，只有圣人才能如此。你记得母亲以前怎么称呼我们吗？我的天使们，她总这样叫。如今，我在精神病院，不需要天使，也不需要魔鬼。有我们这些病人就够了。是，是我杀了父亲，如果他活过来，我还会再杀他。我接受了命令，无言的命令，只需要母亲一个悲伤的眼神就已足够。别为我可惜，弟弟。疯狂先成了我的借口，又变成无罪证明。母亲曾经说：一颗子弹能杀死相反两个方向的人。在杀死老巴雷洛的同时，我也自杀了。记得母亲死后，有一次你说：我真想死啊。我现在告诉你，死并不是终极解脱。死人依旧存在，存活于过去。唯一可以脱离存在的方式就是发疯。只有疯子不存在。

这些文字证实了我多年来的怀疑：我哥哥在装疯。真正的病人是我，只有我夜不能寐，忍受着残忍回忆的折磨。

“我能再问个问题吗？你和我哥哥做爱吗？”

卢西丽娅没回答，只是悲伤地笑着。她把另一张纸举到我面前：

“认出这是什么了吗？”

那是我多年前写给她的信。不被眷顾的文字宣告着我对她的爱。卢西丽娅没再多说什么，而是接近我，悲伤的笑容中增添了一分神秘。她吻了我。

“咱们回库鲁马尼，去你的房间。”

“不行，作家也住那儿。”

“那就去帕尔玛，在那儿能更自由。”

我们回到车上。她的手让我放慢了发动引擎的动作。她趴在我耳边说：

“你说得对，这是你最后一次打猎，因为我来找你了……”

车子在沉默中出发，卢西丽娅的手一直放在我的手臂上。

“今天晚上……”她停下来，思考要怎么继续说。

“什么？”

“今晚我对自己感到害怕。”

看着敞开在面前的弯弯曲曲的土路，我想：生命是一场等待。等着那些我们可能会经历的事情发生。

马里阿玛的记述 7

埋伏

要小心狮子，更要小心住在狮子洞里的羊。

——非洲谚语

自打猎人来了，每天都如同冬日的云一样厚重。这段时间，我始终禁闭在家，偷偷关注着为狩猎而进行的不太令人满意的准备工作。我听到父亲的脚步声在半夜响起，然后是吉普车的声音，我跑到窗边，偷看着阿尔坎如・巴雷洛。

我对心爱之人的兴趣逐渐消失。他为什么不对我发出信号，让我知道他很想与我重逢呢？真相只有一个：我对于他来说已经是个死人。没什么好幻想的。彻底的失望使我放弃。我不再想着离家出走，避免与猎人重逢。我放弃了河流、旅程和梦想。

阿尔坎如·巴雷洛不止令我一人感到失望。村里的长者们不耐烦地聚集在“席塔拉”，库鲁马尼的空气中充斥着阴谋的味道。区长弗洛林度·马克瓦拉出现在长者们的集会上，这是前所未有的事。他向来和所谓的“传统”划清界限，远离不可见的事物。他的突然接近令众人感到奇怪。

下午，一件意想不到的事发生了。区长弗洛林度·马克瓦拉来到我家。行政区长一般不会在公馆之外的地方处理政府事宜。这次马克瓦拉是来请求帮助的。他和父亲在厅里谈了一段时间。我害怕他们谈话的内容和我有关。恐惧被证实，他们叫我过去，下了一个令我心烦的指示：

“今天晚上，你跟区长走。”热尼托·贝伯宣布。

“我不是在关禁闭吗？”我问道。

“你去他家睡。”父亲并不太乐意地回答。

在来客面前，我努力控制自己，内心却崩溃了。弗洛林度一离开，我就开始请求：

“阿爸，别这么做。看在上帝的分上，我不想……”

“你没什么可想的。”

“团古，求你了，再考虑一下。”母亲绝望地为我求情。“那个弗洛林度，就是条害虫……”

热尼托让我们闭嘴，不允许我们再争辩。我们知道夜幕之下正上演着对抗他的阴谋吗？我们知道他有多孤独、多脆弱吗？向区长提供帮助是热尼托获取保护与尊重的重要机会。

母亲一声不吭地帮我洗澡、穿衣、梳头。在落日余晖中，她送我到弗洛林度·马克瓦拉的公馆门口。母亲站在那里一动不动看着我走进院子，她叫住我说：

“拿好手绢，我的孩子……”

她用手轻轻拂过我的脸，假装是在帮我整理头发，就那么停了一会儿，慢慢打量着我，然后说：

“别担心，孩子，你很漂亮。”

母亲转身离开，剩我一个人犹疑地站在门口。区长坚持说那栋建筑不能叫“房子”，要叫“公馆”。我的犹豫很短暂，因为区长亲自出来接我，把我带到他的办公室。他在宽大的沙发上坐下。我的视线扫过墙上巨大的日历，上面画着一个中国女人，以非常淫荡的姿势坐在一辆汽车的前盖上。

“这里缺了一张照片。你母亲阿妮法在打扫时弄碎了相框的玻璃，我一直等着新相框……”

我站着等待，看到区长的头垂到了膝盖上。

“我现在很绝望，马里阿玛。”

他就快哭了。受母性影响，我走到他身边坐下，没再做出任何动作，仿佛是给他送去了一具我的雕像。

“把你的手给我。”弗洛林度请求道。

在茫然与困惑中，我伸出一只手，张开手指，保持这个姿势，他并没有回应。

“你知道你来这里要做什么吗？”

我假装不知道，摇头表示否定。气氛突然变得紧张起来。弗洛林度·马克瓦拉牵起我的手，带我离开房间，就像一对老夫老妻准备回卧室。我们经过昏暗的走廊，在最里面的一扇门前停下，他的脸靠过来，我马上躲开，但他坚持凑到我耳边说：

“我妻子娜夫塔琳达出了问题。”

终于，他向我解释了来龙去脉。我被叫到他家的原因和我之前想的相差甚远。弗洛林度的绝望在另外一方面，他妻子决定去当狮子的诱饵。他怎么劝都没用。第一夫人坚持要赤裸着睡在野外，直到引来狮子把她吃掉。她一定要这么做，除非弗洛林度能立场坚定地处理丹迪案和其他一些事。

“我的妻子，我唯一的妻子……”

娜夫塔琳达不听他的话，也不看他。区长慌了神。他必须阻止娜夫塔琳达的自杀行为，而第一夫人只会听我这种人的话，我们活在同一种孤独中，说同样的语言。

“区长先生，你确定我是最合适的人？在家里，他们都说我不算人呢……”

区长非常确定。娜夫塔琳达和我有许多相似之处：我们同年出生，都曾在修道院学习，都不能生育，也就是说，我们永远都成不了女人。

“你进屋和她谈谈。有一点请你记住，别叫她以前的名字，她现在不喜欢了……”

在库鲁马尼，我们依据时间和年龄来获得名字。娜夫塔琳达原本叫欧西阿妮塔[1]，那时她还是一个需要抱在怀里的小孩，取这个名字是因为她眼泪特别多，一哭起来就像涨潮。她的泪珠像鸡蛋一样大，掷地有声。

小女孩成长为少女，体重增加了太多。她的家人为此感到恐惧，就把她送到了阿莫鲁索神父那里：如此庞大的身躯需要更多的灵魂。我们在修道院相遇。我在那里是为了治疗瘫痪，她则需要让身体变得轻巧。后来我可以重新走路了，她却没有减掉体重。她改了名字，却从未停止肥胖。在修道院门口道别时，我第一次从她眼中看到敌意，她严厉地说：

“再也不要叫我欧西阿妮塔。从现在起，我叫娜夫塔琳达。”

之后她被家人送到城市里，再也没有了音讯，直到前些天她在丈夫和我的猎人的陪同下回到库鲁马尼。从那天起，我只远远地看到她入侵了男人的地盘“席塔拉”。在我看来，她仍旧是欧西阿妮塔。然而，对于其他人来说，她根本就没必要有名字。她只是一位妻子，一位独特的妻子。她在一个没有夫人

1　欧西阿妮塔（Oceanita），可以看作是“海洋（oceano）”的指代词。

的村子里做第一夫人。

如今这位体态臃肿的第一夫人只想去死。也许她的自杀意愿来源于她的慷慨。毕竟那一身肉能喂饱动物，能让村子平静一些日子。又或者猎人们可以用她设陷阱来猎杀野兽?

区长万分小心地打开门，示意我独自进去。我以屋里的喘息声为指引，在黑暗中前进。娜夫塔琳达呼出的气疲惫地离开胸腔，仿佛受伤的鸟儿撞在山崖上。

一步一步，我在黑暗中摸索，直到感知到第一夫人的存在。她如佛像一般坐在一张大椅子上，双手的手指泡在两碗醋里。

“这是为了软化指甲。”她说。没有跟我寒暄。

尖细的声音听上去像指甲划过玻璃。她一心盯着自己的手，并不知道我害怕得发抖。

“我喜欢我的指甲。”娜夫塔琳达吹着手指说，“它们是我身体上最瘦小的部分。”

醋味缓和了我一进屋就感受到的强烈恐惧。这是陷阱，我颤抖地想，不是为狮子设的，而是为我。女主人问询的眼神最终落到我身上。

“我已经原谅你了，我的朋友。”

如今，在多年之后，她向我坦白，她一直嫉妒我，嫉妒我苗条的身材和迷人的双眼。每当我爬上男孩的背，和他们一同奔跑、一同跌倒、一同放声欢笑，娜夫塔琳达就嫉妒得要死。

“马里阿玛，我恨死你了！我无数次请求上帝把你带走。”

眼睛终于适应了黑暗，我仔细地看着她，就像海关人员检查货物。视线落在她身上，犹如盲人的摸索。我盯着欧西阿妮塔，却没有真正看见她。埋在肥肉中的手肘，月牙形的酒窝，脂肪堆积的褶皱，这女人就是一团肉。我才意识到自己的视线惹怒了她。女主人站起来，这一动作让人想到正从宇宙脱离的星球。

“我来帮你。”我做好帮忙的准备。

“不需要。”她拒绝。

然而，她刚一站起来就好像没有膝盖一样倒在我身上，犹如船只撞上码头。娜夫塔琳达似乎从这种接触中获得了快感。我小心地与她分开，向后退了几步，视线再次回到她身上。前些天看到她时距离太远，我没注意到她的体积有多大。娜夫塔琳达确实太胖了，即使是在站着的时候，她仍旧像是躺着的。

突然，那女人掀起裙子，暴露出她的私处，我立刻移开视线。然而，第一夫人保持不动，像雕像一样毫不羞耻地展示自己。

“看着我！别害怕，咱们都是女人。怎么会有男人想要我？告诉我，我这个样子怎么去诱惑弗洛林度？”

“别这样。”我求她。

“弗洛林度跟你说了什么？说我要献身于狮子？他没弄明白。我说的是性意义上的献身。我想怀上狮子的种。”

狮子需要向矿工一样挖掘才能抵达她的核心。原来这才是第一夫人的秘密计划。我看着娜夫塔琳达，她的脸很美，深邃的双眼盛满梦想。

“马里阿玛，你知道吗？我怀念咱们在修道院的时候。修道院不只是一个宗教场所，它是一个国家。你我当时就算活在外国。咱们可比阿尔坎如更算白人。”

我扶她重新坐到椅子上，告诉她我会留下来过夜，和她分享这个房间，就和在修道院一样。

“娜夫塔琳达。”

“叫我欧西阿妮塔。”

“我能睡在这边吗？”

“你想在哪儿睡都可以，但首先你要帮我离开，我得去实现梦想。”

“不行，我做过保证，不能放你出去。”

“咱们就出去一会儿，就待在房子附近。”

她拉着我走到公馆前的空地。整个村子都睡了，只能听到夜莺凄凉的叫声。娜夫塔琳达叹气说道：

“我很同情弗洛林度。他就是个小丑。我觉得他是被其他人荼毒了。没人尊重他，也没人爱他。”

第一夫人朝院子周围的树木走去，选了一棵老树，靠在树干上，像是在祈祷。片刻之后，她睡过去了，我保持清醒，站在原地看着她。渐渐地，我也向困意屈服，直到那突如其来的一秒钟，一切在混乱与困惑中发生：草丛传出沙沙声，一声沉闷的吼叫，一个黑影犹如射出枪膛的子弹朝娜夫塔琳达扑过去。我看到一只母狮扑到女人庞大的身体上，一人一狮扭打起来，两具躯体几乎不可分别，抱在一起跳着致命的舞蹈。

“救命！有狮子！快来人！”

我边喊边跑过去救她。母狮对我的进攻感到惊讶。我从没想到自己能如此果敢，突然就来了劲，一把拉开狮子，为娜夫塔琳达创造了逃跑的绝佳机会。但她却拒绝了我的帮助，再次朝野兽跑去。我们三个转起了圈。指甲、爪子、口水、喘息、咆哮、喊叫，通通混在一起。愤怒使我强壮了两倍，在拳打脚踢外加撕咬之下，狮子居然退却了。它如同失去权势的女王，带着最后的尊严离开，朝公路方向走去，消失在黑暗中。

我仍旧趴在娜夫塔琳达身上，突然感觉像是整片天空砸在背上，疼得大声呼喊，在地上打滚，转头瞥见弗洛林度，他手里举着根木棍，准备给我致命一击。

“是我！是我，马里阿玛！”

众人的声音响起：“弗洛林度，杀了她！这女人就是狮子！”全村人都围了过来，要求将我就地正法。娜夫塔琳达的身上都是血，她跪着伸出双臂把我抱住，尖叫着说：

“谁都不许碰她！谁都不许！”

困惑的弗洛林度依旧紧握着棍子，下令让众人退后。他蹲下来检查我的情况，在我耳边颤抖地说：

“对不起，马里阿玛，天太黑了，我没看出是你。”

人群退开了，但下一秒又继续要求处决我，同时开始了疯狂的攻击。很久以前的那个梦袭入脑海，我会像梦中那样死去，倒在沙滩上。悬在上方的一张张面孔像秃鹫一样啄食着我的灵魂。我已经感觉不到拳脚所致的疼痛，也听不清辱骂的声音，没注意到人群已如海浪退潮般退去。赶走众人的是弗洛林度·马克瓦拉，他动作坚定、声音洪亮。从我这个角度看去，区长犹如一座山，他的命令听起来无比神圣：

“退后！都退后，不然我就亲手杀了你们！”

娜夫塔琳达惊讶地盯着丈夫，像是不认识他。接着，她叹口气说：

“我的男人，我的男人回来啦！”

弗洛林度像一座带有威胁性的雕像，岿然不动，直到有枪声从较远的地方传来。人群在期待与恐惧中静默。接着，又是几枪，这次近了些。凑热闹的人朝公路方向跑去。不久便有喊声传播开来，难以听清。我想是阿尔坎如来了。猎人来救我了，他终于来面对我疲惫不堪的心了。现在能听清喊声的内容了：

“打死狮子喽！打死狮子喽！”

我吃力地站起来，摇摇晃晃地朝公路走去。我的救星就在那儿！他的形象在黑暗中依旧出众，扛着枪向我走来。然而，当身影更加清晰时，我发现那并不是阿尔坎如·巴雷洛，而是马里凯托，那个警察。他被人群包围，享受着荣耀，右手举着带血的狮子耳朵。

“我在林子里杀了只公狮子。”

“但我们听见附近也有枪声。”

“那是母狮，它是在这儿被杀的，就在这条路上。”

众人为他欢呼雀跃，没人注意到弗洛林度搀扶着受伤的妻子回家了。只有我无家可回。只有我，在库鲁马尼黑暗的大地上哭泣。

猎人日记 7

神圣的魔鬼

时间由骨与太阳构筑，而非由生命。因为生命与时间相对立。它无法丈量，由无穷个微小部分组成。

——从作家的笔记本上抄来的句子

半夜的时候，有枪声响起。我想离开帕尔玛，沿着公路寻找声音来源，似乎是从库鲁马尼传来的。但我走不了，我刚在这里体验到前所未有的爱，现在像被定住一样无法抽身。在我身边睡着宇宙中唯一的女人。半裸的卢西丽娅躺在床上，散发着霉味的旅馆房间仿佛成了她的宫殿。

“我真怀念醒着的时候！”

卢西丽娅缓慢舒展着身体，仿佛正在出生。我就在这家帕尔玛旅馆的房间里，在黑暗中注视了她几个小时。

“你看我很长时间了？”

“有永远那么长。”

“我确实像是睡了那么长的一觉。你呢？”

“我听见了枪声，从库鲁马尼那边传过来的，我得走了。”

卢西丽娅貌似没听见。她慢慢地穿衣服，那份缓慢只有幸福能与之对抗。她重新坐回床上，抱着枕头说：

“我梦到一个以前认识的疯女人，她曾在我们那里住院。你知道她做了什么吗？”

那女人收集蝴蝶，刮下翅膀上的磷粉，装进玻璃瓶。她用这些粉做什么？填充枕头。她说这样她就能在睡觉的时候飞翔了。

“这个枕头里肯定装满了磷粉。”

车钥匙在我手中摇晃，卢西丽娅明白这是什么意思。她建议我先回库鲁马尼，然后再来接她。她想再睡一会儿，做蝴蝶去寻找新的翅膀。

帕尔玛是个小镇，两辆车肯定会在路上相遇。我差点儿撞上弗洛林度·马克瓦拉所乘坐的车。他没下车，只是摇下玻璃，询问我在远离村子的地方做什么。

“我在这附近打猎，刚刚听到村子那边有枪声。”

“他们把狮子杀了。我的那些人把狮子杀了。”

“作为区长你怎么跑到这儿来了？不应该在村里和你的人、你忠诚的人民一起庆祝吗？”

“娜夫塔琳达受伤了，我送她去医院来着，不是很严重，但她住院了。”

“还有其他人受伤吗？”

“热尼托死了。”

热尼托杀了母狮，马里凯托杀了公狮。而我作为世界上最后一个猎人，却只能记录这些刽子手的成功。我，阿尔坎如·巴雷洛，一个擅长使用子弹而非文字的人，只有为这件事写报告的份儿。

然而，区长不想让我现在就回村里。他希望我和他去看看娜夫塔琳达，说她见到我会很高兴，之后我们再一起回库鲁马尼。

第一夫人住在单人病房。被子只能遮住她庞大身躯的一小部分。娜夫塔琳达的肩膀上绑着加长的绷带，看上去却只有一小块。她拉着我的手，用充满母性的眼神看着我说：

“我有件事求你。你把马里阿玛带到马普托去吧。”

“马里阿玛？”

“她是阿妮法的小女儿。下星期我也去马普托，我会照顾她。”

“放心吧，我带她走。”

“你是个好人。你让我想起哈蒙德，就是村里的那个盲人。你们身上有相似之处，有那么一点儿不寻常的……”

“不寻常？”

“他每晚都在外面游荡，睡在野外，却从没受到狮子的攻击。知道为什么狮子不袭击他吗？”

“你可别告诉我他其实是个狮人。”

“正相反。因为他是整个村子里唯一一个完完全全的人，有人性的人。他和你都是，亲爱的猎人。”

“我现在也是了。”马克瓦拉插话。

“对，你也是。你又变回我的男人了，我的弗洛林度。”她接着对我说，“你要是看到他当时那个样子……”

“娜夫塔琳达夫人，我得走了。”我急忙说道。

“让我看看你。你看上去很开心，很年轻。”

“我睡得很好，有个好伴侣。”

“我也是。经过了那么久，这一夜，我终于感受到了幸福。尽管身上有伤，我还是爱得很享受，睡得好，还做了好梦。”

娜夫塔琳达梦见她又回到了母亲的怀抱，轻轻摇摆，母亲唱着葡萄牙语歌，这在现实中从未发生。她儿时听过的所有摇篮曲都是西玛孔德语。

“昨天以前，我的梦从来不与记忆交流。而这一夜，它们重合了。时间轻轻摇晃着我。”

在回来的路上，弗洛林度坦白说他要辞职，要重新当教师。他并非被逼无奈，只是不想再干了。“相比之下，我更喜欢政治，但有娜夫塔琳达在，这条路走不通。”他停顿了一会儿，接着说，“你去写猎杀狮子的报告，我要揭发丹迪的事。”

“给我讲讲热尼托是怎么回事。”

故事简单却又神秘，正如库鲁马尼的一切。热尼托在猎杀母狮时死去，就在公路附近。那正是袭击了娜夫塔琳达和马里阿玛的母狮。

“狮子突然袭击了热尼托？”

村长并不清楚具体细节，只知道追迹人和母狮相拥而死，就好像他们认识对方，而且很亲近。

“把他们的尸体分开可费劲了，简直就像逆转出生过程。作家都掉眼泪了，没顾上照相。”

我想象着作家和他的眼泪。泪水肯定是为了应和当时的情景而编造的，就像他所创作的文学世界。这一趟对他来说算是值了。古斯塔夫·贺加罗知道了什么是真正的狮子，更明白了什么是人。他再也不会问狩猎的原因。因为本就没有答案。狩猎独立于任何理由，它是一种热情，一种虚幻的眩晕感。

“没能亲手杀死狮子，你难过吗？”古斯塔夫很直接地问。

“难过？我吗？”

“我知道你要怎么回答：我不杀戮，我打猎。”

我与心爱的女人共度了良宵。怎么会难过？我现在想要时间中的所有夜晚。猎人对奇迹上瘾。猎人是神圣的魔鬼。

马里阿玛的记述 8

野兽的血，女人的泪

蛛网集结起来，便能困住狮子。

——非洲谚语

如今我要坦白一件本该在开头就宣告的事：我从未出生。更准确的说法是：我生而既死。直到今天，母亲仍在等待我的第一声啼哭。只有女人知道有多少条生命在生产时殒落。那不是两个身体的分离，而是蕴藏着两个生命的一具肉体撕裂为二。最令女人痛苦的，并非生产的生理疼痛，而是另一种痛。感受自己身体的一部分脱离，一条撕裂的路逐渐将孩子吞噬，一个接一个。

因此，生下没有生命的孩子是人世间最大的痛苦。他们把这毫无生气的小家伙放在母亲怀里，所有人都离开了房间。据说母亲边唱歌边轻轻摇着我，念诵出前几次生产时用来庆祝的祈祷文。几小时后，父亲接过我那没有重量的身体说：

“咱们让她在河岸安息吧。”

水边埋着无名的人。父母把我安置在那儿，是为了让我记住，我从未出生。在大地湿润的怀抱中，我感受到如同母亲的臂弯一般的温柔。我对这黑暗中的怀抱留有记忆，坦白地说，我怀念它就如同怀念一个远在他方的祖母。

然而，第二天，他们发现坟墓的土在翻动。难道是有地下动物要占据我的尸体？父亲手握弯刀，准备迎战即将从土中冒出头的动物。他终究没能用上那把刀。一条腿从土中伸出来乱抖。接下来出现了肋部、肩膀、头。我在出生，感受着如同母体的抽动，发出新生儿的哭喊。我从大地腹中出生，一如岩石、山丘与河流。

人们说，在那一刻，母亲老了，老到了头。人一老便容易生病。阿妮法·阿苏拉在转瞬间成了一种病。父亲看着一脸沉重的母亲问道：

“我是鼹鼠的阿爸？”

那时有光亮照到我脸上，他们看到了我深邃的双眼，就像河底的逆流一样深。在场的人注视着我的脸，无法忍受我眼神中的赤焰。父亲惊恐到话不成句：

“她的眼睛，那双眼睛……”

众人心中萌生怀疑：我是没有人性的人。没人敢说话。母亲很快意识到，我的眼中闪烁着另一个遥远灵魂的光芒。她在惊诧之间自问，为何女儿的眼睛如此之金黄，近乎太阳？曾有人见过这样的眼睛长在黑人身上吗？也许我的双眼之所以如此明亮，是因为它们曾长时间在黑暗中寻找出路。

人们常说，黑暗是死人的国度。这并非真实。黑暗与光明都只对活人存在。死人栖居于黎明与黄昏，在白昼与黑夜的缝隙，时间就蜷缩在那里。

是活在黑暗中的生者发明了光。那光便是人，是比时间更古老的声音。我的光有它的名字：阿德吉如・卡皮塔莫鲁。阿公教会我不畏惧黑暗。我会从中发现我那属于夜晚的灵魂。现实中，是黑暗向我揭示出我一直以来的身份：一只母狮。我就是一只活在人身体里的母狮。我的外形是人，但我的生命是一场缓慢的蜕变：腿转化为狮足，指甲转化为狮爪，头发变为毛，下巴变为狮子的下颚。这些变化一直在持续，本可以更快，但我太过束缚于生而为人的形态。而且有母亲为我唱歌，她的轻轻摇晃使我得到慰藉，压制了我体内的兽。

与母狮搏斗之后，我回到家，后背疼痛难忍，手臂也受了伤。我没有出现在母亲面前，因为她不会在意。我只能自己安慰自己，像受伤的兽一样蜷缩起来。半梦半醒之间，阿公阿德吉如出现在眼前。不是幻觉，就是他，我的阿公。他在门廊上坐着。那块席子是他古老的宝座。

“你不进来吗？”我问。

“门廊才是等人的地方。”他回答。

我想拉他的手，他拒绝了，解释说已经有其他的手扶持过他。阿公让我听他说话，他说我对自己的存在并不了解。他深呼吸，像是知道时间有限，于是要一口气讲完。阿德吉如・卡皮塔莫鲁是这样说的：

“也许你，我的‘孙女’，相信自己并不是人。你被幻觉侵袭，总有幻象追逐着你。不要相信那些声音。是生活夺走了你的人性：他们把你当成动物来对待，所以你才觉得自己是动物。但是马里阿玛，你是女人。你的身心都是女人。不仅如此，马里阿玛，你可以成为母亲。是我编造出的谎言，说你不育，是干涸的女人。为的是不让库鲁马尼的男人对你感兴趣。这样一来，单身的你便可以远离这里，在新的地方生根，和把你当女人对待的男人生孩子。你已经遇到了这个人，他回来了，是我把他重新叫回库鲁马尼。我是怎么叫的？你说该怎么召集一位猎人呢？我制造了狮子，它们的恶名传遍全国。我并不是众人所以为的面具雕刻师，而是一个狮子制造者，这就是我的秘密。我并不是巫师，死后我成了神，洞悉过去的谎言，明了未来的虚幻。现在还不晚，我的‘孙女’，你可以重新成为马里阿玛・贝伯。远离库鲁马尼，远离过去，远离恐惧，远离你自己。”

我闭着双眼，聆听阿德吉如漫长的讲述，了解他的意图。他需要我的陪伴。他是我生活中最后一个神，但相对而言，他更需要我，所以才坚持说我的存在没有问题，我是人，是人的女儿。一切孤独、隐秘以及对天性的怀疑都来源于童年时没有被好好对待。

我睁开双眼，只为确认阿德吉如已不在那里。我深吸一口气，听到心里另一个声音在说：没有阿德吉如，没有人造狮子，没有能修补过去的神。真相是另一个：并不是生活使我发生畸变，而是我从出生起便不被接受，在人世走一遭只为提升男人们的打猎技术。曾经的瘫痪并非偶然，是身体里的动物需要一个更像猫的姿态，更接近地面，更能够利用嗅觉。不育也并非偶然，因为我的肚子不是人的。人与兽两个交替的灵魂组成了我。

清晨，当我去看死去的母狮时，阿德吉如的幽灵早已远去。在通向帕尔玛的公路边的红色沙子上，卧着看上去像在休息的母狮。正是它袭击了娜夫塔琳达并与我搏斗。若不是它身下的沙子染了血，没人能看出母狮已经死了。为防止巫师们前来偷狮子肉，警察马里凯托在现场看守猎物。只有巫师、土狼和秃鹫吃狮子肉。所有看热闹的人都累了，只剩下马里凯托看管着战利品。

我忽略警察的存在，跪倒在母狮面前，注视着它没能闭上的双眼和吐在外面的舌头。母狮看上去仿佛又累又渴。我把所有衣服都脱掉，躺在它身边，把头靠在它静止的身体上。谁知道我会不会听到它的心跳呢？太迟了，我只能听见自己的心跳。

马里凯托看着我，既害怕又困惑。他把视线转开，重新盯着地面说道：

“他们刚刚把你阿爸的尸体抬走了。”

“我阿爸？”

“是，热尼托·贝伯死了。母狮咬死了他。你不知道？”

我没回答，也衡量不出自己的感受，也许是什么感觉都没有。又或者是因为父亲在我心里早就死了。

“当时情况很奇怪。”警察继续说，“你阿爸像是根本没意识到危险，不带武器就冲向母狮，据说他甚至和母狮说话来着。”

热尼托和母狮说话？这听上去不像是真的。不过我早已停止寻找这个世界的真实。我想说话，但嗓子只能发出听不清的低吼。

“你说什么？”

我什么也没说出来。当我重新开口时，发现自己又一次失去了说话的能力。这次与之前不同，不能再恢复了。这是我最后的声音，这些是最后的记录，以野兽的血与女人的泪书写而成：是我杀了那些女人，一个接一个。我是复仇的母狮。我的承诺将永远生效，没有暂停，没有休息，我要杀光还活着的所有女人，直到这疲惫的世界只剩下男人，变成孤独男人的荒漠。没有女人，没有孩子，人类就此终结。

我眼中的未来就像被烈焰吞噬的一根火柴。天空会追随着人类的脚步变得像我一样干涸。没有一条河流的两岸会埋着死去的孩子，因为根本不会再有人出生。就连神灵都要变回女人，不再会有人诞生于日光之下。

今夜我将和狮子一同启程。明天起，各个村庄将会因为我的咆哮而颤抖。猫头鹰会因为恐惧夜晚而改变习性，在白天出没。

库鲁马尼人会以此来印证我的疯狂，说我沦落至此是因为远离了点云化雨的神灵，说我丧失理智是因为背弃了传统和保佑村庄安泰的祖先。但我只想听从自己的命运：我要与另一个灵魂合二为一，再也不要像第一次杀人那样感到愧疚。那时的我仍旧太有人性，得了一种名为“良知”的病。如今我已没有悔恨，如果仔细想想就能明白，我其实没有杀过任何人，所有女人本就是死人。她们不说话，不思考，不去爱，不去梦想。如果根本不能幸福，还值得活着吗？

出于这个原因，我在几年前杀死了两个妹妹。是我溺死了双胞胎。所有人都以为那是个意外。其实是我把船弄坏了，让她们乘着破船在海浪中颠簸。如果她们从未出生就好了。那两个女孩只能活在痛苦、鲜血和眼泪中，还要跪在刽子手面前请求原谅，正如我这些年来对热尼托·贝伯所做的那样。

在那致命的夜晚，是我把西林西娅带到死亡边缘。她是我的阿姐，是我的朋友，更重要的，她是我的分身。然而，嫉妒成为阿姐的障碍。她总想成为我，经历我的生活，爱我所爱的人。西林西娅总想占有我的梦，在猎人巴雷洛的事情上就是这样。我把与猎人相遇的经历告诉了她，马上就后悔了，因为她责怪我扭曲事实，就好像那经历原本是她的。实际上，是妒意一直折磨着阿姐。她不具有足够的灵魂来创造另一条生命。阿姐是活在恐惧中的死人，于是当她的生命结束时，已经没有“死亡”可言。

到最后了。每一个结束都是新的开始，阿德吉如·卡皮塔莫鲁曾常常这样说。但这次并非如此。这是一切的定论，是天空的崩塌。我还有一个未曾说过的愿望：我想再看一次大海。也许正因为如此，我才会在最后一次以人的身份睡觉时又做了之前的梦。海浪扑倒在沙滩上，泡沫像鸟儿一样扑腾而起，阿尔坎如·巴雷洛这次从昏迷中苏醒，带我远离库鲁马尼，去到幻影栖息之地，旅程在那里诞生。

猎 人 日 记 8

献给生者的花

我始终走在隐蔽之处，却只在文字中得到庇护。

——摘自作家的笔记本

弗洛林度·马克瓦拉带我去看死去的公狮。这就像是一次远足，目的地则是我自己的失败。没有一只狮子是死在我手上的。大哥罗兰度可以放心了，这并不是我最后一次打猎。这根本都不能算是一次打猎。而我母亲，不论她如今在哪里，都可以很骄傲地说她的预言灵验了：我与狩猎终究分道扬镳。

在路上，我们顺道去接了古斯塔夫·贺加罗。他正埋头在一堆稿纸里。

“放下你的大作，咱们去看狮子。”

“不是我的手稿，我在重读你的日记。”

“有必要吗？”

“听好了，我是作家，知道什么是好作品，你能写成这样，不需要再去打猎了。”

我喉头一紧。古斯塔夫想不到他的赞美多么有价值。是那封短小的情书开启了我和卢西丽娅的故事。是那些信件使得父亲短暂屈服于他从未好好对待的妻子。当罗兰度坐在家里读书时，嫉妒之情在我心中滋长。我是一直待在路边或树林里的野孩子。古斯塔夫的话仿佛是给了我一个家。也许正因为如此，我才把自己那支旧来复枪送给了他。古斯塔夫不接受，我问他：

“咱俩不是换过来了吗？你打猎，我写作。”

“关于打猎，你所教会我的都在举枪之前。”

我们再次出发，去看公狮——这场代价高昂的战争的战利品。汽车缓慢前行，在距离目的地不远处的小山丘上停下。我们无言地下车，沿着河边一条小路步行。时间还很早，晨露在茅草和蛛网上闪耀。作家跟在我身后，脖子上挂着相机。我的手臂和腿被植物上的刺划伤。血痕是我继承的遗产。我是个比猎物流更多血的猎人。

“这只狮子是谁杀的？”古斯塔夫想知道。

“马里凯托。”走在前面的弗洛林度·马克瓦拉回答，“热尼托·贝伯杀了袭击娜夫塔琳达的那只母狮。”

母狮死在公路附近，这时候应该已经被拉回到村里，准备作为狩猎成功的证据示众。公狮代表着威严，因此村长请作家给公狮照相，不照母狮，毕竟死去的公狮能在报纸上引起更大反响。

不久后，公狮的尸体出现在前方的灌木丛中。它完全伸展着，失去了王者风范。最令我印象深刻的是尸体口鼻处的虱子。每当嗅到死亡的苦味，它们就会出现，像灰色的豆子。我是来看狮子这个万兽之王的，却被无足轻重的小虫吸引了注意力。我想象着其中一只虱子慢慢胀大，像手雷一样爆炸，把整个场面染成红色。

“给我照张相，和战利品一起。”区长把一只脚放在狮子面前，一脸严肃地摆好姿势。对我来说，那里躺着的已不再是狮子，而是死去的猎物，一个空壳而已，一张由虚无填满的皮。

我得去拜访阿妮法·阿苏拉。我不能留下来参加热尼托的葬礼，所以想至少去表达一下哀悼。另外，我还得把她女儿带走，那可是她仅剩的一个女儿了。

由于不想空手去，我在进院子之前摘了路边的野花，正跪下摘花的时候，被阿妮法的声音吓了一跳：

“又送花？”

我想解释说花是要送给热尼托的，但寡妇快步往里走，并不想听我说话。到了院里的阴凉处，她让我坐椅子，自己坐在席子上。在沉默中，一群穿黑衣的女邻居围到她身边。对于死者，人们总是无言。我把花交给她，解释说：

“这是给热尼托的，用花来代替悼念的话。”

“还能做什么呢？人来这世上，都不是自己求着来的，走的时候也不需要谁的允许。”

“我很遗憾是这样的结局。”

“成为寡妇并不令我痛心，我早就是寡妇了。”

她担心的是女儿马里阿玛，她病了，在库鲁马尼没人能治。

“我有医院的文件，证明她需要住院。我女儿疯了。”

“我和区长说了，我会把她带走。你一个人留在这儿？”

“我得留下来照看那些坟墓。”

“你女儿以后会回来看你的。”

“马里阿玛不能回来。永远都不能。在这里，她会被活人杀死，被死人缠身。”

阿妮法进了屋子，片刻后，她拉着一个女孩的胳膊走出来。

“这是我女儿。”

年轻女孩身上裹着卡普拉那布，脸遮住了一半。她毫无生气地迈着步子，就像个稻草人。女孩手里拿着一个本子，封皮上写着“马里阿玛的日记”。四目相对，我顿时感到一阵眩晕。那双蜜色的眼睛瞬间将我传送到似乎已经消逝的过去。我赶忙转开视线，作为猎人，我知道如何逃脱陷阱。那双眼睛里盛着太多的光，对比之下，整个世界黯淡下来。但那是一种好的黑暗，一种童年般的迟缓。马里阿玛如此明亮的双眼在不知不觉中将我失去的很多东西还给了我。如今我朝她走去，像要恢复一段曾被打断的对话。我开口发问时，差点发不出声音：

“你只带这个本子，不带些衣服吗？”

“她不说话。”阿妮法回答，“她从昨天起就不再说话了。”

马里阿玛指着日记本比画着手势。含混的声音从她口中传出，让我想起了罗兰度。我可怜的哥哥原本与语言十分亲密，现在却连最基本的词汇都说不出来。女孩挥动着双手，她母亲翻译：

“她说这个本子是她唯一的衣服。”

我站远一些，给母女俩留点时间道别。然而，她们什么也没说，母亲的手拉着女儿的手久久没有放开，这就是两人唯一的交流。交握的手中有个细节差点逃出我的眼睛：母亲悄悄递给女儿一根项链一样的东西。

“我也喜欢送人项链。”我说。

“这不是项链。”阿妮法纠正道，“我给马里阿玛的是古老的时间长线。家族里所有的女人在怀孕时都用它来记月份。”

马里阿玛被礼物触动了，一片阴影遮住她的眼睛，日记本从她手中落下，半开着掉在地上。我可以看到上面的字，写着“上帝曾是女人……”我笑了，那一刻我被女神包围着。在破裂的世界里，道别的两人编织着我的故事。我凝视着天上缓慢移动的云，它们就像身子沉重的孕妇。快下雨了。在帕尔玛，有个我等了一辈子的女人，她正在等我。

我坐进车里，马里阿玛坐在副驾驶。我笨拙地道别：

“再见，阿妮法。”

“你数过狮子有多少只吗？”

“我从一开始就知道有多少只。”

“你知道有几只，但不知道它们都是谁。”

“你说得对，这我从来都不知道。”

“你知道，狮子有三只。还有一只没死。”

我用眼睛巡视着周围的环境。这是我最后一次巡视库鲁马尼，也将是最后一次听这个女人说话。阿妮法轻声说：

“我就是最后剩下的那只母狮。这个秘密只有你知道，阿尔坎如·巴雷洛。”

“为什么告诉我，阿妮法夫人？”

“这是我的忏悔，是我放在你手中的时间长线。”

母狮的罪与罚，国族的痛与殇

——评《母狮的忏悔》

莫桑比克作家米亚·科托（Mia Couto）是当代葡萄牙语文坛中最重要、最具影响力的作家，也是非洲葡萄牙语文学的杰出代表。然而对于国内读者来说，这仍是个陌生的名字。米亚·科托于1955年出生在莫桑比克的一个葡萄牙移民家庭中，原名安东尼奥·埃米利奥·雷特·科托。自1983年出版首部诗集《露水之根》(*Raíz de Orvalho*）以来，米亚·科托始终活跃在文坛之上，笔耕不辍，为葡萄牙语文学贡献出大量优秀作品，包括诗歌、故事、长篇小说和杂文，体裁丰富。从20世纪90年代起，科托集中精力创作长篇小说，在1992年发表了小说处女作《梦游之地》(*Terra Sonâmbula*)，以独特的语言及精妙的叙事重现莫桑比克内战时期的历史，小说一问世便引起极大反响，被评为“20世纪非洲文学最重要的十二部作品之一”。米亚·科托也凭借此书获得了享有“美国的诺贝尔奖”之称的纽斯塔特国际文学奖，成为获此殊荣的第一位非洲葡萄牙语作家。2013年，科托因其新颖的叙事风格及作品中所展现出的深厚的人文精神，荣获葡萄牙语文学界最具分量的卡蒙斯奖。时至今日，科托创作了长篇小说共计 16 部，其作品在 22 个国家发行，成为被翻译出版最多的莫桑比克作家。

作为一个出生在非洲的葡萄牙移民后代、一个在莫桑比克成长的白人，特殊的身份对米亚·科托的文学创作产生了深远的影响。米亚·科托通过写作向世界介绍莫桑比克，虽然小说具有虚构性，却都基于莫桑比克真实的历史与社会现实。莫桑比克作为葡萄牙曾经的殖民地，其文学在一定程度上继承了葡萄牙文学，但同时又具有其特殊性。在殖民地时期，反对殖民主义、探寻国家独立文化身份是莫桑比克文学的重要主题。在经历了旷日持久的解放战争，并成功获得独立后，莫桑比克文学的主题回归到“斗争与革命”，通过书写战争回忆来还原历史。青年时期的米亚·科托与反抗殖民统治的莫桑比克解放阵线有着紧密联系。解放战争后期，正在上大学的科托放弃医学专业，成为一名记者。独立后的莫桑比克遭遇内战，科托作为新闻社的通讯员多次到各地走访，感受到国家内部语言、民族与宗教文化的复杂多样性，意识到莫桑比克的国家身份并不是单一的，它包含着多种声音。在此期间，科托发表了带有反殖民主义色彩的首部诗集《露水之根》。其中诸如《身份》（*Identidade*）、《大地的口音》（*Sotaque da Terra*）等诗作对殖民活动造成的“混血文化”进行思考，试图为“莫桑比克国家身份”这一命题找寻新的意义。1985 年，米亚·科托放弃了记者职业，重返校园学习生物专业，主攻生态学。在以环境生物学家身份到莫桑比克各地进行考察时，科托收集了大量关于战争的故事以及民间风俗、神话传说，为日后的文学创作积累了素材。在每一部作品中，米亚·科托都尽力描述战争给莫桑比克人民带来的伤痛，展现古老传统与现代文明之间的误解与冲突。

米亚·科托以葡语进行书写，将非洲土语及莫桑比克方言与葡萄牙语相融合，创造出一种新的表达，形成了鲜明的“非洲性”的叙事。科托坦言他的文学创作受到了巴西著名作家吉马良斯·罗萨（Guimarães Rosa）的影响。罗萨在描写巴西内陆腹地时，应用内陆方言俗语创造新词汇，令语言恰如其分地服务于主题。在阅读了罗萨的小说《河的第三岸》(*A Terceira Margem do Rio*) 后，科托感受到了“地震般的触动”，意识到以莫桑比克农村地区口语化、多元化的表达来还原当地风貌正是构建莫桑比克独立文化身份的立足点。

《母狮的忏悔》正体现了科托一贯的语言风格与创作意图。这部小说发表于 2012 年，是米亚·科托基于自己在莫桑比克北部的真实经历所写就的，这点在小说开篇有所解释。小说延续了科托的叙事风格，由库鲁马尼女孩马里阿玛和猎人阿尔坎如分别以第一人称进行双线叙述，讲述发生在库鲁马尼的狮子袭击人类的事件，以及人类对狮子的猎捕。在经历了该事件后，科托在进行调查时逐渐发掘其背后的社会原因，了解到莫桑比克北部地区的女性在传统约束下的生存状况。狮子以女性为袭击目标是因为她们每日独自在乡间劳作，在惨剧接连发生的时期，女人们依旧不得不在丈夫或父亲的命令下只身去野外抬水、拾柴、看管菜地。狮子吃女人在科托笔下演化为一个比喻，用来揭示父权制社会中针对女性的暴力现象——女性被社会、被生活本身所“吞食”。

《母狮的忏悔》中存在两种压迫，一是殖民者对被殖民者的压迫，一是父权制下男性对女性的压迫。女性则是双重压迫的受害者。在殖民地时期，莫桑比克人民被动接受殖民文化，经历战争的伤痛，无法发出属于自己的声音。而在莫桑比克摆脱了殖民地身份后，女性仍旧处于被统治的地位，没有任何权利，继续受到来自男性的“第二次殖民”。作为科托继《耶稣撒冷》以来最受人瞩目的小说，《母狮的忏悔》中有非洲古老传统的延续，有殖民文化对莫桑比克农村的渗透，有战争在人身上留下的不可磨灭的印记，也有对人与自然关系的思考，但最重要的是，这是科托首次将非洲女性的生存境况作为第一主题进行创作。作家通过书写非洲女性在社会生活中所受到的束缚与压迫，打破了西方文学中关于非洲的浪漫神秘的刻板印象，揭示“人性的恶之光”。

在米亚·科托的小说中，女性形象通常具有二元性。她们一方面是社会和家庭的基础、是掌握宇宙真理的人，一方面是父权制社会的受害者。科托对于女性的关注在其作品中早有展现，在2003年发表的故事《那马罗伊传说》（*A Lenda de Namarói*）中，作家就借叙述者之口说出与《创世纪》相反的世界起源："起初，世上只有我们女人，后来才出现了男人。"《创世纪》作为父权思想的产物，在历史上成为许多文化中男权至上的依据。科托打破传统，强调女性的重要性。在小说《二十与锌》（*Vinte e Zinco*）中，科托一语道出非洲女性的现实地位："她们两人坐在地上，那才是女人该坐的地方。"在科托所讲述的非洲古老文明中，女性是神一般的存在，正如《母狮的忏悔》开篇的第一句话所说到的："上帝曾是女人。"她们织造天空，懂得如何聆听大地内部的声音，掌握着有关生命的真理。女性可以通过梦境与信仰去理解现实，男人们对此感到恐惧，于是在历史的长河中，男性逐渐将女性贬低为只能依附于他们的凡人。在父权制占主导地位的殖民地社会中，女性处于从属地位，变为阿尔坎如母亲口中的失势的月亮。在后殖民地社会中，女性的地位更加边缘化，最终沦为被夜幕吞噬的星星。

在《母狮的忏悔》中，"马里阿玛的记述"这一条主线讲述了马里阿玛一家人在后殖民时期的生活，穿插着对莫桑比克解放战争时期的回忆。在马里阿玛的叙述中，我们看到一个以热尼托·贝伯为“一家之主”的库鲁马尼家庭。无论是在传统环境中还是在接受了殖民者的同化教育后，女人始终受到剥削与压迫。在只有传统、没有法制的库鲁马尼，男性统治地位最直接的表现便是针对女性的暴力。男性在“父权传统”的名义下所犯下的种种罪行并不会受到制裁。阿妮法·阿苏拉、西林西娅和马里阿玛都受到热尼托·贝伯的暴力对待，却一直服从于他，这便是库鲁马尼女人们身处从属地位的绝对表现。区长家的女佣丹迪遭到多人轮奸，对于施暴者来说，他们并没有犯下任何罪行，丹迪则被认为是因“违背传统”而“罪有应得”，甚至连卫生站的男性护士都因担心冒犯传统而不愿接收她。米亚·科托想要揭示父权社会中这种人们视而不见的罪恶，“长久以来，在我们的社会里存在着各种形式的针对女性的暴力，这种暴力是无声的，我更愿意说它是被噤声的，被泛化的大男子主义之风所噤声。”

西林西娅、阿妮法和马里阿玛分别代表着莫桑比克父权制社会中的三种女性形象。西林西娅虽然在开篇就已经死去，但她活在马里阿玛的文字中。西林西娅是无声的受害者，无法向他人说出自己所遭受的暴力，她的名字“Silência”指向葡萄牙语中的“沉默”（Silêncio）一词。马里阿玛记忆中的西林西娅没有太多语言，她未曾说出自己的遭遇，但是告诫马里阿玛：“别希望它们（胸部）长大，妹妹，别希望成为女人。”对于西林西娅如何命丧狮口，书中并没有直接描写，但却暗示她故意在夜间出门，让自己成为狮子的目标。通过这一举动，西林西娅终于第一次把握住了自己的命运。阿妮法·阿苏拉是位无助的母亲，虽然能意识到女性所受的压迫，但却已彻底接受了父权制的意识形态，并将它施加到女儿身上。即便忍受着丈夫的暴力对待，在得知丈夫对女儿所做出的暴行后，她的第一反应竟是责怪女儿。阿妮法没有能力去阻止这一切的发生，在经受了长久的暴力后，她已经习惯不把自己看作是活人——“我已经很久没活过了。现在，我不再是人了。”然而，在猎人到来后，阿妮法还是做出了尝试，企图借猎人之手杀死热尼托。在小说开头，阿妮法不希望猎人带走她仅剩的一个女儿，但在结尾，她请求猎人带马里阿玛离开库鲁马尼，她希望马里阿玛能够去过真正的生活，开启新的篇章，而她将继续守护着早已渗透进血脉的传统。马里阿玛代表着希望、自由以及强烈的反叛精神。虽然她生活在压迫中，处于从属地位，但作为一个识字的女性，她通过书写来抵抗绝对的父权统治，从文字中获得对自身的掌控。她记录西林西娅与母亲的遭遇，并在书写的过程中逐渐意识到发生在库鲁马尼女人身上的悲剧。库鲁马尼的女人都不能算活人，马里阿玛也是“生而即死”。对于父亲的暴行，马里阿玛的身体比意识先做出反应，她的瘫痪及饥饿的怪病都来源于此，在得知真相后，马里阿玛更是异化为兽，发誓杀光世界上所有的女人，以此作为对男权的报复。不再有女人，不再有孩子，这意味着人类的灭绝，同时也意味着世界秩序的重置。最终，马里阿玛没有履行她的誓言，而是选择去城市开始新的生活，以另一种方式抛弃旧世界。通过塑造这些在屈从中或灭亡或反叛的女性形象，科托批判了父权制社会对待女性的不公正，也表达了他对于改变父权传统的看法：男性应该借鉴女性的经验，毕竟“女人打磨男人的灵魂，如同流水磨石”。

在由猎人阿尔坎如进行叙述的主线中，猎捕狮子这件事看似是重点，实则却跌落到第二位，它是把阿尔坎如引到库鲁马尼的原因，但当猎捕行动发生时，他甚至都不在场。真正伤害女人的“狮子”是父权制，这在马里阿玛的叙述中已有充分体现，所以，阿尔坎如的叙述更多是站在一个外来者的角度去观察库鲁马尼，感受古老传统与现代文明的冲突。阿尔坎如始终难以摆脱童年时母亲和父亲相继离世的影响。父权制对女性的压迫在他的母亲身上也有所体现。由于童年的经历，阿尔坎如有着“存在”层面上的焦虑，他试图通过睡眠从自身抽离，却总保有动物般的警醒。他想要“不存在”，但发现即便是死亡也无法抹去一个人的存在，死者依旧能对生者产生影响。对于阿尔坎如来说，狩猎是能让他从自身抽离的一种方式，在狩猎的某一个瞬间，猎人转化为动物。在小说开头，猎人和作家古斯塔夫就狩猎进行讨论，两人均无法理解对方的观点，但随着故事的推进，猎人与作家逐渐转换了角色，阿尔坎如以书写作为一种新的存在方式，古斯塔夫则拿起了枪。这种转变也包含了科托关于人性与动物性的思考。在这条主线中，我们还可以看到战争给库鲁马尼人留下的伤痛。在古斯塔夫对村民进行采访的时候，作者借阿尔坎如之口说出他对战争的看法：“不存在用语言可以讲述的战争。有血的地方，就不会有话语。”这与马里阿玛主线中所回忆的战争片段相呼应，在马里阿玛的讲述中，她作为一个无法走路的女性，被家人视为累赘，在别人都为躲避战乱进入树林的时候，她和一堆不值钱的器物一同被丢在家里，等待着阿公阿德吉如的拯救。无论是在战时还是在和平时期，库鲁马尼的女性始终“不存在”，这与寻求从自身存在中抽离的阿尔坎如形成强烈对比。

米亚·科托曾在接受采访中表示他是白人也是非洲人，是欧洲人的后代也是莫桑比克人，是活在高度宗教化的国度中的科学家，也是在高度口语化的社会中写字的人。个人身份的种种矛盾令他对莫桑比克文化身份的多样性有着深刻的理解，对书写国家历史与社会现实有着强烈的使命感。从《母狮的忏悔》开始，科托开始关注处在社会边缘的女性。在莫桑比克农村地区，女性正是“他者”之“他者”，饱尝多种压迫。科托以这部小说融入了莫桑比克人数虽少但成果斐然的“女性写作”，为女性发声，为女性地位的改变而写作。